ÓCIO CRIADOR X GANÂNCIA

RAZÕES MILENARES PARA NOSSA CRISE ÉTICA E ECONÔMICA

SATTVA EDITORA

contato@sattvaeditora.com.br
www.sattvaeditora.com.br

Editora: **Vivian Lerner**

Revisão: **Olenka Franco**

Projeto gráfico, diagramação e capa: **Luiz Zonzini**

Ócio Criador X Ganância - Razões Milenares Para Nossa Crise Ética e Econômica

Tradução diretamente do grego moderno e antigo pelo autor

Salem, Dado

Ócio criador x ganância: razões milenares para nossa crise ética e econômica. / Dado Salem, Viktor David Salis.
São Paulo : Sattva Editora, 2017.

ISBN 978-85-67977-13-3

1. Mitologia 2. Psicologia 3. Sociologia Econômica
4. Ética I. Título.

CDD – 150.195 4

VIKTOR D. SALIS
DADO SALEM

ÓCIO CRIADOR X GANÂNCIA

RAZÕES MILENARES PARA NOSSA CRISE ÉTICA E ECONÔMICA

SATTVA EDITORA

5ª Edição
2017

DEDICATÓRIA

Para minha querida mãe Elza,

que partiu tendo cumprido
sua missão de amor e entrega.

Viktor D. Salis

Para meu filho Francisco,

que acabou de chegar neste planeta
com a missão de prosseguir.

Dado Salem

*"Então o rei Midas caiu em si,
sentindo-se mortalmente envergonhado com
as orelhas que ganhara do deus Apolo.
Passou a escondê-las do modo mais
eficiente possível e colocou-as por dentro
de um turbante, mas seu cabeleireiro sabia
evidentemente do segredo.
Apesar das ameaças do rei, ele não resistiu
e revelou – quem resiste a guardar tão
fascinante segredo?"*

ÍNDICE

INTRODUÇÃO

SOBRE OS MITOS, O IMAGINÁRIO E A REALIDADE

Costumamos olhar para os mitos como superstições ou invencionices, como a prova do espírito infantil, irracional e pré-lógico de nossos ancestrais. Essas histórias cheias de fantasias, de elementos que fogem à nossa realidade concreta como deuses, monstros, dragões, gigantes, cavalos alados, lobisomens, bruxas, fadas, caiporas, mulas sem cabeça, sacis etc., causam estranheza ao homem contemporâneo. Representam elementos que não existem concretamente em nosso dia-a-dia, que não podemos captar com os nossos sentidos; são imagens que não fazem parte do chamado mundo racional e objetivo.

Ao longo dos milênios, a filosofia ocidental foi gradualmente restringindo a fonte do conhecimento à razão e à conquista da realidade pela experiência concreta, até que o aspecto inconsciente de nossa psique, representado pelo mundo imaginário, foi praticamente abolido. Surgiu com isso o homem intelectual, aquele em que predomina a lógica e a experiência.

O resultado disso foi um extraordinário desenvolvimento tecnológico, do qual muito nos orgulhamos. Este saber nos elevou e nos colocou "acima" da natureza, que passou a ser conduzida de acordo com nossos interesses e necessidades. Por meio do pensamento científico trocamos o natural pelo artificial, até que, finalmente, conseguimos declarar nossa independência: "Deus morreu!" (NIETZSCHE, 1996, p. 141).

Mas que Deus é esse que matamos? Conseguimos matar o deus Cronos (a temporalidade), ou ele ainda nos devora? Conseguimos eliminar a deusa Atená (a sabedoria intuitiva), ou ela ainda existe em alguma mente brilhante? Conseguimos matar Ares (o deus da guerra), ou é ele que ainda nos destrói em conflitos pelos quatro cantos do mundo? Conseguimos eliminar Eros (a arte de viver e amar para os antigos), ou foi ele que nos enlouqueceu até sermos trazidos de volta à sanidade por Freud? Matamos Dioniso (o deus do êxtase e do entusiasmo), ou ele continua nos dando alguma alegria nas "happy hours" para aguentarmos o ritmo massacrante do dia-a-dia?

Parece que não matamos os deuses e não eliminamos nosso inconsciente. O que ocorreu foi que "amputamos" uma parte significativa da realidade e de nossa própria psique.

O hábito de deixar de lado tudo aquilo que não faz parte da lógica e da racionalidade fez nossa civilização perder a habilidade de fazer metáforas e com isso deixamos de ver coisas que estão dentro de nós e na nossa frente. Perdemos um tipo de percepção, um olhar considerado importantíssimo na Antiguidade para o bem viver na Terra. Esse olhar foi descrito por muitas tradições como uma "terceira visão" – que não existe fisicamente, mas que, por esse mesmo motivo, consegue "ver o invisível". O mundo que ela vê é o mundo irracional que brota das profundezas de nosso inconsciente. É o mundo que Freud e Jung constataram interferir nos pensamentos, sentimentos, vontades, decisões e ações de todas as pessoas, sadias ou mentalmente enfermas. A linguagem desse hemisfério desconhecido está semimorta, mas é a única verdadeiramente universal e comum a todos os homens: é aquela que vemos em nossos sonhos. É desse universo estranho e complexo que vêm os mitos.

Diferentemente de nosso entendimento, os mitos não são frutos de uma mentalidade primitiva e fantasiosa. Eles têm uma estrutura simbólica que une opostos, consciente e inconsciente, pensamento concreto e imaginário, e por isso permitem ao homem entrar em contato com aspectos da realidade e da psique humana que uma visão puramente racional e objetiva não alcança. Essa característica dá aos mitos a capacidade de descrever melhor a realidade humana como ela é: paradoxal.

A origem dos mitos perde-se na noite dos tempos, sem que ninguém possa dizer de onde vieram. São narrativas fascinantes, porém absurdas para quem quiser neles enxergar algo palpável e "real". Não adianta neles procurar verdades científicas e quem tentar fazê-lo perderá toda a sua beleza e fascínio, além de desperdiçar seu tempo. Mas se são absurdas fantasias, para que servem então? Para levar-nos para longe da realidade e embalar-nos em sonhos impossíveis?

Os mitos são um convite à imaginação como o cinema, o teatro e a literatura. Se nos permitirmos vivenciar aquela realidade, aprendemos mais sobre o comportamento humano e sobre nós mesmos. Costumamos ficar por eles apaixonados e maravilhados, pois falam de forma concisa e rica coisas que nos dizem respeito e parecem responder a tantas e tantas perguntas que temos sobre os problemas da existência. Parece que quando conhecemos um mito, "já sabíamos sem saber", soa-nos tão familiar e, principalmente, toca o coração – se o realismo não matar nossa imaginação e descartá-lo como bobagem ou simples invencionice. Afinal, mito é seu sinônimo desde que o cristianismo baniu tudo aquilo que não fosse validado por seus Testamentos (ELIADE, 2000).

Na Antiguidade, longe de se referirem a invencionies, os mitos eram considerados "histórias verdadeiras", a linguagem que os deuses utilizavam para ensinar a nós mortais a arte de viver, amar e deles se aproximar. Eram narrativas fantásticas e ambíguas porque os deuses nunca se comunicavam de forma direta; não é muito diferente do que ocorre nos nossos sonhos ou quando consultamos um astrólogo ou um vidente. As respostas que buscamos nunca são transparentes e diretas – elas exigem nossa intervenção e interpretação para ganhar sentido e direção. É como se adentrássemos a realidade pela porta dos fundos, chegando num mundo mágico onde se abrem as novas possibilidades e esperanças para um futuro sempre incerto, mas tão sonhado e desejado.

"Magia" e "mito" sempre estiveram intimamente ligados. Sabemos disso pela raiz etimológica que têm em comum. Estas raízes nos revelam preciosidades tão grandes quanto as descobertas arqueológicas, porque as línguas antigas têm uma estrutura semântica hoje perdida. De um único radical derivava uma família de palavras extremamente próximas entre si, indicando a ação com total precisão, o que não se aplica mais aos idiomas da atualidade.

As nossas línguas, chamadas discursivas lineares, têm um discurso extremamente encadeado, sacrificando a configuração do símbolo. Isto nos obriga a somar as partes para podermos construir uma ideia, e com isso parece que a nossa linguagem é mais precisa. Diz-se que as línguas primitivas eram mais ideogramáticas, porque reuniam numa palavra uma estrutura simbólica complexa, de modo que elas eram mais primárias. Na verdade, forneciam um poder de memorizar extraordinário. No entanto, ao conhecermos uma raiz, somos capazes de derivar inúmeras palavras, pois, aplicando as regras de formação dos derivados, é mais lógico do que a "decoreba" que somos obrigados a exercer para aprender uma língua. Isso nos ajuda a compreender a origem e o sentido real das palavras, perdidos no tempo.

Até onde podemos retornar, a palavra *magia* remonta à raiz sânscrita *mous*, de onde também surgiu a palavra *mantra*. Das línguas mortas, o sânscrito é a mais fácil de rastrear. O antigo sumério, o acadiano, e mesmo o egípcio arcaico, nele acumularam estruturas e palavras-chave fundamentais; o grego arcaico, em grande parte, também tem ligações com essas línguas antigas. A raiz *mous* decorre de um som primordial e em volta dela está uma família de palavras importantíssimas. Essa raiz indica um comportamento e uma ação, um ato cuja expressão é até hoje utilizada para o ato de calar-se. Ou seja, colocar a mão na sua própria boca, fazendo o som "mmm". Este ato, para os antigos, era a primeira atitude para receber a divindade. O "mmm" é um som primordial cósmico, o *ohm*, indicando a arte de calar-se.

A raiz *mythos* também derivou dai. Os mitos nasceram dessa arte de calar para ouvir os deuses; é preciso aprender a calar-se e isso é uma arte. De *Mythos* derivou *meyin*, que significa calarmos as "vozes mentais e emocionais" (traduzimos como a linguagem do desejo, ou a ignorância). Enquanto não se consegue calar estas vozes, o *meyin* não se manifesta. É uma relação única do homem com o Cosmos e permite o nascimento dos mitos que, para os antigos, eram a linguagem universal: as verdades universais, por excelência.

Da raiz *meyin* se originou *mayêutica*, que em grego significa *encantamento*. Daqui também derivou *magos* e *magia*. Também é sinônimo de fermentação, porque a arte do encantamento é a mágica arte do nascimento da vida interior, que cresce lentamente com grandes esforços e rituais: o "parir do espírito", dizia Sócrates. Bem, pelo menos agora sabemos o real significado e função de "magia"; nada a ver com o que foi vulgarizado na modernidade. Finalmente, vale notar que Sócrates utilizou a palavra "mayêutica" (quer dizer aplicar a magia) como sua forma de ensinar, associada à teoria da reminiscência. Ele dizia que não tinha nada a ensinar aos alunos, mas podia ajudá-los a recordar o que "já sabiam", referindo-se ao que tinham aprendido em suas existências passadas. Na verdade, Sócrates considerava que os talentos de cada um nada mais eram do que a síntese do que já tinham aprendido em outras existências e apenas caberia ao mestre ajudar seu discípulo a "desembrulhá-los".

Voltando ao significado e função dos mitos na atualidade, não é demais insistir que eles não podem – e nunca quiseram – competir com a ciência e a razão. Eles nos abrem as portas para uma outra realidade: o mistério de viver, com seus dramas individuais e coletivos, suas angústias, medos, alegrias e anseios. Alguém se atreve a explicar o sentido de sua própria existência de modo científico, racional e previsível? Eis a beleza dos mitos que tanto nos fascina e apaixona: eles não prevêem, mas abrem portas e possibilidades para a nossa vida através do imaginário. Por isso são fantásticos e ambíguos; exigem nossa participação e tomada de posição; enfim, cobram-nos a coragem de viver e não simplesmente vegetar. Assim, cada um tem o desafio de recriar um mito – qualquer mito – para a sua própria vida, de acordo com sua visão e compreensão.

Os mitos também refletiam e expunham as Leis imutáveis da vida e da natureza e na Grécia antiga eram contados por sábios conhecidos como *poetas*, que em grego quer dizer *criadores*. Sua obra, a *poesia*, significa *criação*, porque para aquela e para tantas outras civilizações tradicionais espalhadas pelo mundo, se o homem criasse por sua própria decisão algo que entrasse em conflito com os princípios da natureza, acabaria ferindo, no final das contas, a ele mesmo. Por exemplo: se o homem poluir o ar, ele mesmo respirará o ar poluído. Se o homem destruir a natureza, ele próprio será destruído, pois essa faz parte de suas entranhas e de sua psique. Por outro lado, se aquilo que o homem criasse estivesse em harmonia com o ambiente, essa obra teria longa duração e consolidaria a vida no lugar de destruí-la.

Hesíodo, poeta grego do século VIII a.C., conta em sua obra *Os trabalhos e os Dias* que o ser humano foi se embrutecendo, perdendo sua pureza, se tornando pequeno e mesquinho com o passar do tempo. A humanidade decaiu lentamente da "Raça de Ouro" até a "Raça de Ferro". A Raça de Ouro era uma estirpe de homens que sabia viver em harmonia com a natureza, terrena e cósmica, que ouviam a si mesmos e ao mundo à sua volta. O mundo se comunicava, se exprimia vivamente com o homem: tendia a dar coisas boas quando ele agia de acordo com a natureza cósmica, ou seja, quando ele era justo; e lhe devolvia infortúnios quando se equivocava e agia injustamente. Hesíodo considerava que a natureza tinha uma racionalidade, tinha Leis previsíveis e viver conforme essa razão era considerada a vida virtuosa.

O homem da Raça de Ouro era um homem ético. Mas sua ética não era a que conhecemos; ela estava de acordo com as Leis do Universo, cujas regras e condições se expressavam em sua carne, em seus órgãos e em sua psique, natureza e essência. O homem da Raça de Ouro tinha uma conexão profunda com o Universo, se via como um *microcosmos* que buscava estar em perfeita harmonia com o *macrocosmos*.

Da Raça de Ouro em diante, conhecemos bem a história. Conhecemos porque a vivemos no dia-a-dia e não temos tempo para pensar nessas "bobagens". Temos contas a pagar, contratos para fechar, clientes para atender e metas a cumprir. No dia-a-dia, as coisas têm causa e efeito – mas não encontramos nelas um sentido profundo. As coisas da vida só passam a ter significado quando começamos a adentrar o mundo imaginário, o mundo do cego e sábio Tirésias – aquele que tudo vê, apesar de cego. Onde termina nossa conhecida visão, que de nada serviu a Édipo, começa o olhar de Tirésias. Vejamos com atenção esse mito, que tão bem retrata a questão da visão, e com ele daremos um passo importante para dentro da realidade dos mitos:

O MITO DE ÉDIPO (EM SEU SENTIDO ORIGINAL)

Édipo ficou conhecido sob o cognome “Rei” quando Sófocles encenou sua história e foi o protagonista. Relatamos inicialmente os antecedentes e a saga de Édipo:

Laio, pai de Édipo, nutrira em sua juventude uma paixão enorme pelo príncipe Crísipo e raptou-o, sendo amaldiçoado pelo seu pai, o rei Pélops. Note-se que o rapto e a iniciação sexual eram praticados por alguém do mesmo ou do outro sexo com a anuência dos pais, que costumavam deixar uma janela da casa aberta, para facilitar a entrada do raptor. Sem sua anuência, no entanto, era considerado grave crime, sujeito à maldição dos deuses. Desse modo, Pélops desejou em sua maldição que Laio morresse sem deixar descendentes. Mais tarde, este se casou com Jocasta, irmã de Creonte, e tornou-se rei de Tebas. O oráculo de Delfos foi consultado e declarou que se Laio e Jocasta tivessem filhos e nascesse um homem, este mataria o pai e se casaria com a própria mãe, confirmando assim a maldição de Pélops.

Realmente, tiveram um menino e, para se livrarem da maldição do oráculo, Laio ordenou que Jocasta entregasse a criança a um pastor que, furando seus pés e amarrando-os, deveria abandoná-lo no monte Cíteron, para que lá morresse. Este pastor, cheio de piedade, no entanto, entregou a criança a um companheiro, que costumava apascentar os rebanhos de Pôlibo, rei de Corinto, nas pastagens do vale do Cíteron. A criança foi então levada a seu senhor Pôlibo e sua mulher Mérope, que chamaram a criança de Édipo (quer dizer “pés inchados”) e criaram-no como se fosse seu filho, pois o destino ainda não lhes tinha dado um.

Quando já tinha atingido a maioridade, um dia Édipo foi chamado de bastardo por um habitante de Corinto embriagado. Assombrado com a possibilidade, dirigiu-se ao oráculo de Delfos para consultá-lo. Este, no entanto, nada lhe disse a respeito de sua origem, mas revelou-lhe que um dia mataria seu pai e se casaria com a própria mãe. Supondo então que Pôlibo e Mérope eram seus pais verdadeiros, decidiu não mais retornar a Corinto, para evitar a consecução de tão hediondo crime. Naquela época, os habitantes de Tebas estavam aterrorizados com a Esfinge: "Decifra-me ou te devoro," dizia ela. A cidade toda estava correndo perigo.

Este é o primeiro ponto fundamental na história de Édipo. Por que a Esfinge devora quem não decifra seus enigmas? Esfinge é *Sfinx* em grego e significa "aquela que aperta e sufoca", literalmente. Representa desde a mais remota Antiguidade o aperto no peito que sentimos, a angústia que nos invade quando algo não vai bem em nossa vida. Para os antigos, o devorar da Esfinge era o devorar da angústia, e a maior de todas as angústias era não saber de si, não saber o sentido de sua vida, exatamente como ocorre com Édipo (e com todos nós). Seus enigmas poderiam ser resumidos nestas perguntas: "Quem sou eu? Que faço aqui? De onde venho? Para onde vou?".

O enigma que Sófocles colocou em sua peça "Édipo Rei" era o seguinte: "O que é, o que é? De manhã anda com quatro pernas, ao meio dia anda com duas e no entardecer com três?" Claro que se referia ao homem, pois quando criança engatinha, depois anda com duas e ao envelhecer precisa de uma terceira perna, que é a bengala. Mas todo mundo nasce, cresce, envelhece e morre e, no entanto, cada um é diferente do outro, residindo aí o mistério.

Édipo resolveu esse enigma, mas matou a Esfinge ou se iludiu que a matou? Eis a charada que Sófocles nos apresentou. O conhecimento racional ilude-nos; pensamos que com ele dominamos os principais aspectos da vida, mas somente a sabedoria pode fazê-lo. O primeiro dá-nos respostas meramente concretas, enquanto a segunda faz-nos atingir a iluminação. Por isso, o autor modifica a pergunta da Esfinge, de modo a permitir uma resposta que o simples conhecimento fornece. Às reais questões (quem és tu, de onde vieste e para onde vais?), Édipo e os tebanos não poderiam responder, porque não buscavam a espiritualidade e Tebas era naquela época considerada como uma cidade notória por seu materialismo (qualquer semelhança com a modernidade não é mera coincidência). Assim pensavam que se livrariam da desgraça ao matarem a Esfinge mas não, ela não estava morta, porque não sabiam de seu destino ("Para onde vais?"), e muitas desgraças piores os aguardavam.

O segundo ponto fundamental é o encontro de Édipo com Laio, seu pai desconhecido. Em sua fuga Édipo passava por uma estrada, quando em uma encruzilhada de três caminhos avistou um carro no qual vinha um homem seguido por seus criados. Este lhe ordenou com insolência que deixasse o caminho livre para seus cavalos passarem e um dos criados empurrou Édipo, que reagiu matando a todos, menos um que fugiu. Naturalmente, a menção de uma encruzilhada de três caminhos não é casual e faz referência ao valor sagrado do número três. São inúmeras as composições ternárias com a simbologia iniciática que encontramos, desde a mais arcaica tradição mítica até a recente tradição cristã, como por exemplo a Santíssima Trindade ou a figura dos três reis magos. O três, ou o triângulo, é o número do espírito por excelência. Representa tanto a superação de uma rivalidade, simbolizada pela polaridade do número dois, como também a libertação da matéria, expressa pelo número quatro ou pelo quadrado (água, terra, ar, fogo). Três é o número da transcendência, retrata a harmonia entre o homem, o céu e a terra, ou ainda, entre o passado, o presente e o futuro. Representa ainda as três Cárites (Graças): A *nobreza*, a *beleza* e a *bondade*.

Continuando, ao chegar a Tebas, Édipo foi coroado rei e casou-se com a viúva Jocasta – que era sua própria mãe, mas ele de nada sabia. Este foi o prêmio por ter afugentado a Esfinge de Tebas. Realizaram-se assim as duas predições do oráculo: matou seu pai e casou-se com sua mãe, porque não buscou a verdadeira sabedoria. Tiveram quatro filhos: dois homens (Polinices e Etéocles) e duas mulheres (Antígona e Ismene). Passaram-se os anos, até que os deuses fizeram tombar sobre Tebas uma peste, que dizimou seus habitantes. Para saber as razões divinas da desgraça, enviou Édipo seu cunhado Creonte a Delfos, para consultar o oráculo e saber o que fazer para dela se livrar.

É neste ponto que a peça de Sófocles inicia, com uma cena que nos traz Creonte declarando o vaticínio do oráculo: "Deve ser expiada a morte de Laio, que pesa sobre a cidade; o assassino terá de ser encontrado e castigado". E aqui adentramos na terceira questão fundamental. É o próprio Édipo que quer descobrir, não importando o custo e as consequências. Despontando como aquele que se prepara para a iniciação, busca a verdade, e somente a verdade, sobre a questão da Esfinge, que ele nunca respondeu: "Quem és tu?" O sentido é claro: O homem só pode ser construído alicerçado na verdade sobre si mesmo. O resto, o resto não são homens, são fantoches. E mais: ela dói e é árdua conquista. Aqui Édipo mostra-nos o caminho do homem para a sabedoria.

A peça termina com a apresentação da quarta questão fundamental. Sabendo da verdade, Édipo cega-se e exila-se (o exílio será o tema principal da peça "Édipo em Colono"). O ato de cegar-se abre uma dupla perspectiva. A primeira, mais óbvia, representa o castigo por utilizar os olhos erradamente. Os olhos são o intelecto racional, que fracassou em dar-lhe as respostas sobre quem ele era. Aliás, com vários ardis "racionais" tentou escapar dos vaticínios do oráculo de Delfos, desafiando os deuses. Assim, o cegar-se é um ato que declara inútil o poder da razão pura e fria (o calculista, diríamos hoje), para decifrar a Esfinge. Ao responder-lhe, Édipo dominou apenas o número quatro – o quadrado da matéria – mas não se elevou para o triângulo sagrado da iluminação. E assim abre-se o segundo aspecto do cegar-se: porque os olhos agora são inúteis para o caminho que deverá seguir, como a razão também. O sábio e cego profeta Tirésias, que conhece a luz de Apolo, já advertira Édipo: "Você que tudo vê, logo perceberá que está cego para a verdade."

Para que pudesse realmente ver seria necessária a iluminação de Apolo, que se adquire com o que os orientais chamam de uma "terceira visão". Os olhos não são apenas inúteis para a iniciação: eles atrapalham e impedem a transcendência. É o deus Hermes quem nos recorda que o caminho da sabedoria vai do visível para o invisível (HERMES TRIMEGISTOS, 1978). Mais uma vez, a atualidade das questões propostas em Édipo nos espanta e não estamos nos referindo à vulgarização feita pela psicanálise com o chamado "Complexo de Édipo", onde nutriríamos uma paixão erótica inconsciente pelos nossos genitores. Na verdade, o que está em jogo é o árduo caminho para se atingir uma sabedoria que não pode ser alcançada apenas com o conhecimento racional, mas pela busca incansável da verdade; que começa pelo desvendar de nosso "enigma da Esfinge", pela percepção da ordem geral em que nossa vida está inscrita.

Não é demais recordar que Édipo, mesmo desconhecendo sua origem e tendo cometido os mais hediondos crimes (matou o pai e deitou-se com a mãe), buscou desvendar seu enigma. Quando soube quem era realmente, não hesitou e não escondeu a sua verdade, ao contrário, mostrou toda a sua grandeza enfrentando as consequências. Partirá para o exílio onde, após longa peregrinação e purificação, será declarado pelos deuses como o mais sábio e verdadeiro dos homens, recebendo a imortalidade como prêmio.

Sim, mesmo o mais errado ou maldito dos homens pode se redimir. E quanto a nós, que não somos tão malditos assim? Que tal um esforço em busca da verdade de nós mesmos? Para adquirirmos essa estranha e desconhecida visão precisamos exercitar-nos. Trata-se de um longo e penoso caminho, uma escalada dura e solitária, que a poucos interessa. Interessa geralmente àqueles considerados desajustados, o que não poderia ser diferente numa civilização racionalista que desconsidera esse jeito de ver as coisas. Esse caminho é estranho e misterioso e por isso envolve medos e riscos.

Platão descreveu este processo em seu "Mito da Caverna". No início, o indivíduo é prisioneiro de suas próprias ilusões, sendo apenas mais um ignorante na caverna da existência temporal, onde só existe a realidade objetiva num mundo onde reina a vaidade, o materialismo e o desejo de poder. Em seguida ele se liberta das amarras, rompe com essa realidade e se sente desorientado, tendo a visão ofuscada; confunde as coisas e não vê nada direito. Aos poucos começa a enxergar, até que a visão se adapta e consegue ver. Sua libertação é uma tomada de consciência. Percebe uma situação que já existia desde o início, mas não conseguia compreender, como Édipo. Liberto da ilusão em que estava imerso, consegue ver o mundo de outro modo; fica então maravilhado e entra em êxtase. Vê a beleza do Universo, suas engrenagens, a mítica "máquina do mundo". Percebe que o Universo é "um só verso" e que há um lugar para ele nesta engrenagem; sua vida tem uma justificativa. Mas no retorno de sua viagem iniciática vê a triste situação em que se encontra a humanidade, acorrentada como Prometeu (o pai dos homens para os gregos) na caverna triste e escura do materialismo. Camões colocou esse lamento n'*Os Lusíadas* no retorno das naus a Portugal, no momento em que seu país disputava a hegemonia do comércio internacional.

Não mais Musa, não mais, que a lira tenho
Destemperada e a voz enrouquecida,
E não do canto, mas de ver que venho
Cantar a gente surda e endurecida.
O favor que mais se ascende ao engenho,
Não nos dá a pátria, não, que está metida
No gosto da cobiça e da rudeza
De uma apagada e vil tristeza (LUSÍADAS, X, 145).

Os hindus falam do *Dharma*, os gregos falavam do *Daimon*, Jung falou do *Self*. Esta é a verdade oculta na natureza essencial de cada indivíduo. "Conhece-te a ti mesmo" dizia Sócrates, frase que continuava com "... e então conhecerás os deuses e o Universo".

Para os antigos essa era a Verdade e sua expressão era feita poeticamente pelos mitos. Para nós a verdade pertence à ciência materialista e aos fatos concretos. Para os antigos, nós somos os iludidos. Para nós, eles eram crianças e precisaram evoluir muito para chegar ao nosso grau de desenvolvimento. O progresso tecnológico é a prova inequívoca desse argumento. Para eles nossa vida era traduzida em tragédia e comédia quando não aprendíamos a seguir a *Dike*, a justa medida. Para nós, tragédia é viver sem carro, luz elétrica, celular, avião, computador, seguro saúde etc. E comédia é acreditar em deuses, mitos e lendas, como o ridicularizado dom Quixote que enlouqueceu de tanto ler estórias de cavalaria.

Nosso objetivo nesse livro é mostrar um pouco do que é a realidade fantástica dos mitos através do mito do rei Midas, uma figura ridicularizada na Antiguidade, que se tornou elogio no mundo moderno. Não pretendemos que o leitor termine por escolher uma ou outra visão, mas que ao conhecer a visão mítica, deixe de desprezá-la e acrescente à que já possui, podendo assim ampliar sua perspectiva, às vezes tão endurecida pelo cotidiano.

CAPÍTULO 1

UMA BREVE HISTÓRIA DA GANÂNCIA

ANTIGUIDADE

Mitos de diversas civilizações relatam a história da humanidade com um início paradisíaco, no qual homens puros e honrados viviam em harmonia com a natureza. Posteriormente houve uma queda, um rompimento com a ordem natural das coisas, que acarretou a decadência de valores e uma série de sofrimentos ao ser humano.

Muitos cientistas e acadêmicos interpretaram essa visão como ingênua e pueril. Para estes, a humanidade evoluiu de uma vida selvagem e bárbara numa natureza hostil, até atingir a civilização. Ou seja, aquele paraíso nunca existiu, e essa nostalgia de um tempo ideal mostrado nos mitos representa, psicologicamente, nada mais que a saudade da infância gravada em algum lugar de nossa psique. Perseguir esse ideal costuma ser considerado uma atitude imatura.

A antropologia e a sociologia há muito vêm estudando a cultura ancestral da humanidade por meio de pesquisas em tribos que preservam tradições multimilenares. Estima-se que algumas chegam a ter mais de 10 mil anos e há casos em se identificou inscrições rupestres ilustrando rituais preservados até os dias de hoje! Textos reveladores estão à disposição de qualquer um que se interesse pelo assunto.

Um traço comum dessas civilizações, apesar das diferenças de costume entre elas, é o respeito e a importância que davam à vida em harmonia com a natureza. Como disse o antropólogo Darcy Ribeiro no documentário de Isa Ferraz (2006), "era uma humanidade diferente, uma gente que agradecia a Deus por ser o mundo tão bonito, que existia para viver a vida, para gozar a vida. A finalidade da vida era viver". Faziam uso do meio ambiente, mas jamais de forma predatória e irreversível, pois sabiam que a sobrevivência de seu povo e da humanidade dependiam dele. "Conhecemos a seiva que circula nas árvores, como conhecemos o sangue que circula em nossas veias" dizia o Chefe Seattle (SEATTLE em CAMPBELL, 1996, p. 34). Diferentemente do que costumamos imaginar, "nunca existiu a ideia de lugar selvagem na natureza, porque a natureza não era perigosa, mas hospitaleira e não era ameaçadora, era amistosa" (CHEFE URSO EM PÉ em NERBURN, 1999, p. 40). O afastamento da natureza talvez nos tenha feito distorcer a visão a esse respeito.

Outra fantasia que ronda nossa mente quando pensamos numa vida selvagem, sujeita aos humores oscilantes da natureza, é a fome. No entanto, Orlando Villas Boas (2000, p. 28), que viveu mais de 40 anos junto às tribos do Xingu, observou que "um dos traços mais marcantes das sociedades indígenas é não conhecerem a crise de fome – condição presente e assustadora no universo civilizado".

Sabemos que as mulheres tinham o domínio da casa e os homens incumbiam-se da caça e da pesca. A comparação deste tipo de organização com o estilo de vida que levamos não é tão simples de fazer. No entanto, o choque ocorrido entre as civilizações europeias e as nativo-americanas deixou, e ainda tem deixado, registros preciosos de um diálogo aberto entre o homem que preservou os costumes arcaicos e o homem contemporâneo: "Qual desses é mais sábio e feliz – aquele que trabalha incessantemente e obtém apenas, com grande esforço, o suficiente para viver, ou aquele que descansa em conforto e encontra tudo que precisa no prazer de caçar e pescar?" (CHEFE MICMAC em NERBURN, 1999, p. 59), ou ainda, "não é notável como os homens da Europa Ocidental trabalham onze meses e meio só para poderem viver como os índios nas férias?" (REDBIRD, National Museum of the American Indian, www.nmai.si.edu).

Como podemos notar, as civilizações arcaicas tinham o hábito de desejar e produzir apenas o necessário para uma vida confortável, pois o acúmulo não fazia parte de seus interesses. Conforme constatou Rousseau (2008, p. 53), "a privação de todas as inutilidades que julgamos necessárias não constituem uma infelicidade para os primeiros homens". Mesmo assim, havia épocas de fartura e outras de privação. O comércio não existia, mas era comum a troca de produtos entre as tribos. Villas Boas (2000) relatou um desses encontros denominados *Moitará*. A tribo em que o sertanista estava recebeu um convite para a troca, mas não dispunham de produtos pois tinham acabado de se estabelecer numa terra e sua roça, ainda nova, havia sido vítima de ataque de porcos-queixada. Mesmo assim aceitaram o encontro. O chefe dessa tribo foi o primeiro a falar e explicou a situação de seu povo. Depositou num local estabelecido uma pequena massa de pequi não maior que um grão de milho. O outro chefe não hesitou, pegou uma migalha do produto e pôs na boca. Os homens que o acompanhavam fizeram o mesmo. Em seguida declararam que aceitavam a troca e no dia seguinte entregaram a sua parte do *Moitará*: nada menos que 800 kg de mandioca!

Esse tipo de comércio, sem interesse no lucro ou em algum tipo de vantagem, é estranho aos nossos costumes, mas era comum nessas civilizações. Certa vez um chefe indígena foi a uma cidade e viu uma grande construção. Perguntou do que se tratava: "me disseram que era um banco e lá os homens civilizados colocavam seu dinheiro para que cuidassem dele e que, de tempos em tempos, eles recebiam seu dinheiro de volta, com juros. Nós somos índios e não temos banco; mas quando temos reservas distribuímos para outros chefes e povos e, de tempos em tempos, eles nos devolvem com juros e nossos corações se sentem felizes. Nossa generosidade é o nosso banco" (CHEFE NOOTKA em NERBURN, 1999, p. 60). Darcy Ribeiro (1995) confirmou que nessas civilizações que consideramos selvagens, inúteis e vadias, é mais belo dar que receber. A cultura europeia que se expandiu pelo planeta a partir do século XVI, ao contrário, é baseada no acúmulo, no lucro e, quando necessário, no extermínio – mentalidade amplamente consolidada no século XXI e justificada pelo argumento darwiniano da "seleção natural" (sic).

Um dos pesquisadores que ficou impressionado com o que viu ao estudar essas culturas tradicionais foi Engels (2000, p.107): "todos são iguais e livres, inclusive as mulheres. Ainda não há lugar para escravos e, como regra geral, não se subjugam tribos estrangeiras, [...] não pode haver pobres ou necessitados, [...] têm consciência das suas obrigações com os anciãos, [...] sem soldados, policiais, nobreza, reis, governadores, prefeitos ou juízes, sem cárceres ou processos, tudo caminha com regularidade. [...] Que homens e mulheres produziram semelhante sociedade é o que podemos ver na admiração de todos os brancos que lidaram com índios não degenerados, diante da dignidade pessoal, da retidão, da energia de caráter e da intrepidez desses bárbaros". Bárbaros?

Costumamos considerar a escrita como o início da história; antes disso era a pré-história. E pré-história para nós está diretamente relacionada aos "homens das cavernas", às bestas humanas, à selvageria e à barbárie. No entanto, para os antigos, o uso da escrita era considerado um sinal de decadência e não de evolução como aprendemos. No Fedro, Platão (2000) conta uma lenda a esse respeito:

"Ouvi uma vez contar que na região de Náucratis, no Egito, houve um deus a quem é consagrada a ave que chamam de Íbis, divinizada como Thoth. Dizem que foi ele quem inventou os números e o cálculo, a geometria e a astronomia, bem como o jogo de damas e dos dados e, finalmente, os caracteres gráficos (escrita). Nesse tempo, todo o Egito era governado por Tamuz, que residia no sul do país, numa grande cidade que os gregos designaram por Tebas do Egito, onde aquele deus era conhecido pelo nome de Amon. Thoth encontrou-se com o monarca, a quem mostrou as suas artes, dizendo que era necessário dá-las a conhecer a todos os egípcios. Mas o monarca quis saber a utilidade de cada uma das artes e, enquanto o inventor as explicava, o monarca elogiava ou censurava, conforme as artes lhe pareciam boas ou más. Foram muitas, diz a lenda, as considerações que sobre cada arte Tamuz fez a Thoth, quer condenando, quer elogiando e seria prolixo enumerar todas as considerações. Mas, quando chegou a vez da invenção da escrita, exclamou Thoth: "Eis ó Rei, uma arte que tornará os egípcios mais sábios e nos ajudará a fortalecer a memória, pois com a escrita descobri o remédio para a memória". – "Ó Thoth, mestre incomparável, uma coisa é inventar uma arte, outra julgar os benefícios ou prejuízos que dela advirão para os outros! Tu, neste momento e como inventor da escrita, esperas dela, e com entusiasmo, todo o contrário do que ela pode vir a fazer! Ela tornará os homens mais esquecidos, pois que, sabendo escrever, deixarão de exercitar a memória confiando apenas nas escrituras e só se lembrarão de um assunto por força de motivos exteriores, por meio de sinais, e não dos assuntos em si mesmos. Por isso, não inventaste um remédio para a memória, mas sim para a rememoração. Quanto à transmissão do ensino, transmite aos teus alunos, não a sabedoria em si mesma, mas apenas uma aparência de sabedoria, pois passarão a receber uma grande soma de informações sem a respectiva educação! Hão de parecer homens de saber, embora não passem de ignorantes em muitas matérias e tornar-se-ão, por consequência, sábios imaginários em vez de sábios verdadeiros".

Mnemosyne, a memória dos gregos, era a mãe das musas; as divindades diziam "o que é, o que foi, e o que sempre será" (HESÍODO, 2003, p. 23). Das musas derivou a música e esta era considerada fundamental na formação do indivíduo, pois era preciso aprender a ouvi-la para alcançar a harmonia consigo mesmo, com a natureza e o Universo. *Mnemosyne* estava ligada ao não esquecimento, *Aletheia* em grego arcaico, que queria dizer também Verdade pois, além de estar sempre de acordo com a ordem cósmica, ela representava aspectos imutáveis e eternos das coisas, as suas essências. Esta memória era o instrumento fundamental dos poetas inspirados, que eram considerados os mestres da Verdade, enquanto os homens comuns eram ditos esquecidos. "O homem é o animal que esquece", diziam. A escrita era desnecessária na Antiguidade, pois os homens tinham memória e sua palavra tinha valor (DETIENNE, 1989).

"O homem branco deve pensar que o papel tem algum poder misterioso para ajudá-lo no mundo. Os índios não precisam escrever, pois as palavras verdadeiras descem fundo em nossos corações e lá permanecem. Nós nunca as esquecemos. Por outro lado, se o homem branco perde seus papéis, ele está arruinado" (CHEFE OGALA SIOUX em NURBURN, 1999, p. 57).

O choque cultural entre o homem contemporâneo que considera a história a partir da escrita e o homem arcaico que valoriza a memória e a palavra também pôde ser visto no episódio da eleição do Cacique Mário Juruna. Foi ridicularizado andando pelo Congresso Brasileiro com seu gravador em baixo do braço, tentando fazer os políticos brasileiros "recordarem" das coisas que haviam dito e de acordos que haviam celebrado. Conforme intuiu o Rei egípcio da lenda de Platão, entre o homem letrado e o iletrado existe uma grande diferença: para o primeiro o que vale é o que está escrito (e assinado, com firma reconhecida), para o segundo o que vale é a sua palavra, pois ela carrega a força da verdade!

Assim, para o homem arcaico não existe distância entre o dizer e o fazer; para ele a regra é o dito e feito; Para o homem contemporâneo a regra é o *tra dire e fare c'è di mezzo il mare*, ou seja, entre dizer e fazer há léguas de distância.

Essa ruptura cultural ocorreu em torno do século V a.C. na Grécia e costumamos chamá-la de "morte das sociedades mítico-eróticas" ou, como denominou o orientalista Henry Corbin, "catástrofe metafísica do ocidente" (SCHWARZ, 1985, p. 212). Tem aí o inicio do período clássico e logo a seguir do chamado mundo helenístico. Essa transformação trouxe enormes consequências para o modo de pensar e viver das sociedades e civilizações que se desenvolveram a partir desse ponto. Antes de prosseguirmos, merece uma explicação o significado de "mítico-erotico".

As assim chamadas sociedades tinham como característica principal uma visão de mundo onde o mítico ocupava um papel central e isto queria dizer que não havia uma separação rígida entre o real e o imaginário. Além disso, o mundo era visto como um lugar mágico e religioso, onde o divino se encontrava em toda a parte. Como consequência, todas as coisas, sejam elas plantas, animais, o ar e locais como bosques, mares, rios etc. eram divinizados e, portanto, existia uma ordenação e um respeito a tudo que existisse.

Conforme mencionamos, os mitos tinham como função explicar e justificar, de um ponto de vista divino, a razão de ser de tudo que existe no mundo e, mais ainda, consolidar uma função cósmica em tudo; portanto aos homens era vetado intervir indistintamente na natureza e na vida, uma vez que isto seria considerado um desrespeito aos deuses. A consequência prática dessa visão é que o divino, estando presente em tudo, exigia um respeito por parte do homem para todas as formas de existência.

A caça também era regulada por leis severas, sendo interdita aos homens a entrada e a caça nos bosques sagrados. Vários mitos chegaram até nós, exemplificando a punição exemplar dos deuses para aqueles que ousaram desrespeitar os animais e os bosques considerados sagrados. Na verdade, somente em casos de grandes secas, e consequente fome iminente, é que a entrada para a caça nestes locais era permitida.

Um episódio famoso é referente à guerra de Troia. O comandante das tropas gregas, Agamêmnon, com todos os exércitos reunidos em Áulis, sentindo-se o mais poderoso dos homens, ousou desafiar a própria deusa Ártemis, protetora do sagrado da natureza. Esta tinha como animal sagrado a corça, devido ao fato de ser um símbolo de delicadeza e agilidade. O comandante adentrou seu bosque sagrado e matou a corça preferida da deusa, por puro prazer em desafiar o sagrado da natureza. Ártemis foi implacável e exigiu, como reparação da morte injusta de seu animal sagrado, que Agamêmnon entregasse para ser sacrificado seu primogênito, que no caso era sua filha Ifigênia.

Os mitos representavam uma força religiosa fundamental, para impor limites ao homem e para dar-lhe uma consciência ética de que a vida foi feita para ser glorificada e respeitada. Já a questão erótica, refere-se ao modo de viver onde a paixão pela vida ocupava um primeiro lugar, sendo este o significado original da palavra "erótico". A grande transformação que encontraremos a partir daí é que esses valores e o modo de vida dessas civilizações (particularmente da Grécia arcaica e do Egito), serão paulatinamente substituídos por uma "paixão" pela conquista de objetos e bens materiais, mesmo que isso custe vidas. É o que J.P. Vernant tão bem descreveu como a passagem do mito para a razão.

Nascem as sociedades mercantilistas, onde a razão, os interesses e as conquistas econômicas tornam-se seu objetivo principal. Isto já se delineia no chamado mundo helenístico, que surge a partir das conquistas de Alexandre Magno, e que ganhará força total a partir do Império Romano. Pode-se dizer, sem risco de exagero, que esse modelo constituiu a base de todos os estados modernos até os nossos dias. Este se encontra agora dominado pela visão implacável da natureza, onde o mais forte acabará não apenas vencendo, mas devorando o mais fraco. E isto é dramaticamente verdadeiro nas relações econômicas, e da vida em geral, que regulam os estados e as sociedades contemporâneas.

Esta passagem do mundo arcaico mítico-erótico para civilizações onde não mais prevalece a celebração da vida – o ócio criador – mas sim, as relações econômicas e de conquistas, é um verdadeiro divisor de águas, que Mircea Eliade gostava de chamar como o surgimento de um "novo planeta", aqui mesmo na Terra. É que ele queria enfatizar a radical diferença do modo de pensar e viver dessas civilizações, quando comparadas com a nossa.

Como era de se prever, o ócio criador progressivamente desaparece, dando lugar para aquilo que ficou conhecido no mundo romano como o *Negum Otio* (negação do ócio), dando origem à palavra *negócio*, e do modo de vida que ficou conhecido como *negociante*. Agora, não se trata mais de se celebrar a vida, a natureza e a criação; agora se consolidou o homem que celebra os negócios e dedica toda a sua vida para eles. Por outras palavras, o objetivo agora não é mais viver com paixão e alegria, mas o negócio, o comércio e o lucro.

Podemos dizer que foram três as condições que operaram a passagem e destruição das civilizações mítico-eróticas para as mercantilistas, que predominam até os dias de hoje:

1 • A transformação da Pólis grega (cidade) em estado; como consequência nasce a cobiça territorial, que antes era desconhecida.

2 • A moeda: com ela nasce a ideia de acúmulo de posses, pois substitui a troca dos bens necessários à sobrevivência, possibilitando que ela se transforme num fim em si mesmo.

3 • A escrita: Ao que mencionamos acima podemos acrescentar que Sócrates condenava o ensino da escrita na tenra infância, relegando seu ensino para após os quinze anos. Para ele, a substituição da tradição oral como instrumento básico da educação, dificultava ao jovem uma íntima relação entre seus sentimentos e a verdade. Observemos que, para que fosse aceito como cidadão, deveria elaborar um discurso oral, revelando aos seus concidadãos quem ele era e como poderia ser útil à Pólis. Com a vulgarização da escrita, os sofistas passaram a vender estes discursos prontos, iniciando assim um processo inevitável de decadência.

IDADE MÉDIA

Na Idade Média, com o desmantelamento do Império Romano e o isolamento do Império Bizantino, a Europa passa por profundas transformações. Nascem os feudos e desaparece o poder central, sendo os reis das regiões desprovidos de poder, meras figuras decorativas. Os feudos eram grandes casas ou castelos fortificados circundados por extensas áreas de pastos, prados, bosques e terra arável. Nessas fortalezas habitava um senhor feudal com seus familiares e empregados. Ao seu redor formava-se uma pequena aldeia onde viviam camponeses arrendatários de parte dessas terras. Homens e mulheres continuavam cultivando e produzindo o necessário para sua subsistência. Em casa faziam roupas, móveis e outros pequenos utensílios.

Apesar de naquela época existir certo intercâmbio de mercadorias, era tão pequeno que se pode afirmar que não havia comércio. Transportar mercadorias era difícil. Tudo deveria ser levado nas costas de animais. Se o percurso tivesse passagem pelos domínios de outro senhor, este não hesitaria em cobrar um "pequeno" pedágio. Além de caro, o transporte era também perigoso. Algumas vezes, ladrões e piratas não resistiam à tentação ao ver passar algum tipo de riqueza na frente de seus olhos e, quando resolviam atacar, os combates eram sangrentos. Sendo assim, praticamente tudo era produzido nos feudos, que funcionavam como unidades autônomas. Todos se ajudavam reciprocamente numa corrente coletiva de troca de favores. Não havia dinheiro envolvido.

Os livros de história legaram-nos uma visão equivocada dessa Idade Média chamando-a de "a idade das trevas". Na verdade foi um período de renascimento da sabedoria antiga e de seu modo de viver. Por outras palavras, o ócio criador, os magos e as magas, a quiromancia e a astrologia voltam a ocupar um lugar central. Nesse período a vida frugal e despojada substituiu a opulência e a busca pelos excessos dos tempos romanos. Veja-se a esse respeito o belo livro de Gustave Cohen – *La grande clarté du Moyen Age* (A grande lucidez-claridade da Idade Média) – infelizmente nunca traduzido para a nossa língua, e *Ócio Criador, trabalho e saúde* (SALIS, 2004).

Do período arcaico até alguns séculos antes de nossa era não havia separação entre os conceitos de higiene e saúde – uma coisa era a consequência da outra. Somente no decorrer da Idade Média é que ocorreu a separação, refletindo a decadência com esses cuidados que, só muito recentemente no século XX foram gradativamente recuperados. Vale notar que em todas as Pólis helênicas, as termas e os locais para banhos estavam presentes, com água corrente e encanada, sendo frequentados por todos diariamente. Na verdade, quanto mais elevado fosse o grau de civilização da Pólis, mais sofisticados eram os sistemas de abastecimento e purificação da água. Além disso, os antigos gregos e egípcios distinguiam os povos bárbaros dos civilizados pela educação e uso da água e pela arquitetura das cidades. Não é preciso pesquisar muito para se compreender quão recente é o hábito diário de se tomar banho entre os povos ocidentais.

A peste negra e a peste bubônica, que assolaram a Europa na Idade Média, tiveram como causa principal a falta de higiene, resultante de novos costumes impostos pela Igreja. Não existiam banheiros nem mesmo nos castelos dos nobres, sendo hábito jogar na rua os dejetos através das janelas das casas. Daí originou-se a expressão tão conhecida hoje – mas com outro sentido –, "foi por água abaixo". Era um alerta aos pedestres para que se afastassem das janelas, pois vinha "água e outras coisas"... (sic)

Este abandono dos hábitos de higiene foi imposto pela Igreja como uma moralização de antigos costumes considerados decadentes. As termas foram condenadas como locais promíscuos e por consequência seu uso. Ocorre que eram o único local para banho, uma vez que era desconhecido o banheiro privativo nas casas; somente existiam os banhos públicos e era para lá que se dirigia diariamente a população.

Realmente, no período romano estes locais haviam perdido sua função original e se transformado também em "pontos de encontro" – mas não para todos os cidadãos, que para lá se dirigiam com a finalidade de se banhar e relaxar. O fato é que esta condenação resultou numa proibição ao ato de banhar-se, encarado pela igreja cristã como imoral e condenável. Os resultados são por demais conhecidos: epidemias se espalharam rapidamente dizimando boa parte da população. Existem registros de a mortalidade ter atingido nove em cada dez habitantes em algumas regiões da Europa (ROBERTS, 1995).

Esse imenso sofrimento foi justamente o que providenciou a mudança de rumos na Europa. Como boa parte da mão-de-obra havia desaparecido, existiam não somente menos arrendatários para as terras dos senhores feudais, como também estes tiveram que dar maiores recompensas pelo trabalho servil. Isso enriqueceu a classe trabalhadora, que recebia com o excedente de mercadoria o seu pagamento. Não podemos nos esquecer que esses estoques, além de se avolumarem também apodreciam; por isso os servos passaram a tentar trocá-los por algo que não deteriorasse. Desse fato surgiram duas coisas importantes para a compreensão do modo de vida atual no Ocidente: o dinheiro e o consumo.

Primeiro veio o consumo. Um servo que dava o suor de seu rosto pelo trabalho preferia receber outras coisas ao invés de ver seu estoque ir para o lixo. Poderia ser uma peça de roupa, um instrumento agrícola, algum animal. Mesmo que não precisasse, poderia depois trocá-lo por outro de maior utilidade. Um servo com especial habilidade para trabalhar com madeira poderia produzir uma mesa e trocar com outro por um saco de cevada. As trocas eram feitas em mercados e feiras organizadas junto aos castelos e mosteiros. Mesmo assim, às vezes não era fácil encontrar alguém que se interessasse pelo intercâmbio. Começou a surgir a necessidade de um instrumento de troca universal, pois se utilizava prata, ouro, cobre, ferro, conchas, fumo, gado, até que surgiu o dinheiro. Com ele o comércio floresceu fortemente. Os séculos XI e XII, por esse motivo, mudaram a fisionomia da Europa (HUBERMAN, 1982).

Os mercados transformaram as antigas casas fortificadas em burgos, que em pouco tempo cresceram e viraram cidades. Surgiu a figura do mercador, um esperto e ágil negociante que comprava e vendia mercadorias com uma pequena vantagem, e não poucas vezes com um grande lucro. Outros também, não menos espertos, passaram a emprestar dinheiro cobrando uma taxa pelo serviço. A Igreja era ainda quem dizia o que era certo e errado na sociedade e, percebendo que com essa atividade alguém poderia viver sem trabalhar, recriminou fortemente a prática. Mas a necessidade era crescente e cada vez mais se buscavam recursos para ampliar os negócios e investir em novas oportunidades. "Tornou-se irrefutavelmente evidente que aquele que tomava dinheiro emprestado estava ganhando dinheiro agindo assim e que devia, com toda justiça, partilhar uma parte do seu retorno com o credor original" (GALBRAITH, 1989, p. 11). Aos poucos a Igreja foi cedendo e permitindo essa prática.

As Cruzadas e peregrinações para a Terra Santa alavancaram ainda mais o comércio. Fileiras de milhares de pessoas atravessavam o continente europeu conhecendo novas regiões e costumes. Eram acompanhados nesse trajeto por comerciantes com bom senso de oportunidade, que estavam prontos para atender as necessidades dos viajantes. Os Cruzados eram levados pela fé, mas traziam de volta novos hábitos e desejos que acrescentavam ao seu cotidiano.

O crescimento do comércio gerou novas possibilidades de trabalho aos servos, que passaram a aproveitar suas melhores habilidades e se especializavam em determinados ofícios, transformando-se em ferreiros, alfaiates, açougueiros, padeiros, marceneiros, comerciantes, fabricantes de velas, construtores etc. Ainda rudimentar e caseiro, o modo de vida da manufatura já apresentava escalas hierárquicas: um comerciante independente fazia uma encomenda para um mestre experiente e esse empregava jovens aprendizes para auxiliá-lo na produção pagando pequenas quantias para seu sustento.

O crescimento das cidades criou um sistema social diferente do feudal, dando início a uma nova sociedade burguesa baseada no livre comércio de mercadorias e serviços, cujo objetivo primordial passou a ser o lucro. Esse período ficou conhecido como o capitalismo mercantil, que é a base do sistema em que vivemos hoje e com ele foi instituída a mentalidade empreendedora de nossa sociedade ocidental. Historiadores acreditam que o mercantilismo durou de meados do século XV até meados do século XVIII e seu fim foi marcado pela Revolução Industrial, Revolução Americana, Revolução Francesa e pela publicação da Riqueza das Nações de Adam Smith (GALBRAITH, 1989).

No período mercantil muita coisa mudou. Os mestres artesãos se especializaram em suas atividades. Se antes tinham que controlar todo o processo, da matéria prima à comercialização do produto acabado, com a entrada em cena do comerciante puderam se dedicar exclusivamente à produção. No início, os artesãos formavam uma nova classe homogênea; apesar disso, com o passar do tempo, suas diferenças individuais foram aparecendo. Alguns cresceram e se tornaram poderosos como aconteceu também com alguns comerciantes. Tudo isso ocorria ainda nos domínios da Igreja, que tentava controlar o ímpeto capitalista dos novos burgueses que começavam a formar uma nova aristocracia urbana.

Vale observar aqui que este conceito – aristocracia – nada tem a ver com seu significado original. Origina-se de *Aristos* ou *Areté* e queria dizer a busca da excelência, daí derivando a palavra *aristocrata*, que não indicava um homem de origem nobre por razões sanguíneas, de herança familiar ou pelo enriquecimento, mas sim aquele que conquistou a excelência através do desenvolvimento de seus talentos. Este era o verdadeiro conceito de aristocrata, ou seja, o homem que se constrói como uma obra de arte através de seu próprio esforço e não por causa de uma origem supostamente nobre ou pelo enriquecimento, que em nada garantem uma excelência pessoal.

Quando Pausânias visitou Atenas, no século II d.C., notou como ela já estava decadente. Em sua obra *Descrição da Grécia*, relata sua viagem por todas as cidades gregas da época, descrevendo seus costumes e tradições.

Observa que, passados setecentos anos da época áurea de Atenas (século V a.C.), não existia mais essa formação do homem – chamada *Paideia* – que propiciara tanta arte, cultura e saber, e que até hoje nos impressiona.

Um trecho de seu livro comenta: "Houve um tempo em que se via mais estátuas do que homens nesta cidade; mais filosofia do que homens, mais obras de arte do que homens. Onde está este tempo, onde está a *Paideia* que tornou tudo isso possível?"

Era tanta a riqueza dessa cidade em arte e cultura simplesmente porque a maior parte de seus cidadãos era uma obra de arte. "Agora todos são educados para a mediocridade da *Douleia* (trabalho que visava unicamente a conquista de bens); não há mais nem tempo nem educação para a *Erga*" (trabalho criador para a evolução pessoal, sem fins lucrativos).

Mas os tempos haviam mudado. O que na Idade Média era considerado pecado, passou a ser visto como empreendimento. O rápido e contínuo crescimento do comércio prosseguia modificando a paisagem da Europa, mas algumas características, no entanto, ainda permaneciam medievais; o feudalismo não desapareceu imediatamente. Apesar do crescimento das cidades, o mundo ainda era essencialmente rural. As mercadorias continuavam fazendo longos trajetos por terra passando por diversas propriedades e ainda eram acrescidas de pedágios nada modestos. As saborosas especiarias que vinham do Oriente e eram comercializadas pelos mercadores venezianos chegavam a preços exorbitantes pelo custo do transporte. Reis, Igreja e ricos comerciantes decidiram unir esforços na busca por rotas marítimas alternativas.

Os ingleses rumaram para o norte; Colombo rumou a Oeste e chegou, sem saber, a um novo continente; Vasco da Gama, em 1498 alcançou a Índia pela rota sul-africana e colocou Portugal em posição privilegiada obtendo lucros de até 6000% nas primeiras viagens (HUBERMAN, 1982). A partir desse período a Europa como um todo (portugueses, franceses, espanhóis, holandeses, ingleses, e mais tarde italianos, belgas, alemães etc.) passou a buscar riquezas indiscriminadamente, usurpando, escravizando e exterminando civilizações ao redor do planeta. As cartas de Colombo pinçadas por Todorov (2003, p. 10) são reveladoras: "'Estava atento e tratava de saber se havia ouro". E volta a isso constantemente: "Não quero parar, ir mais longe, visitar muitas ilhas e descobrir ouro"; "O almirante ordenou-lhes que não tomassem nada, para que eles compreendessem que ele só procurava ouro". Até sua oração tinha se transformado: "Que Nosso Senhor me ajude, em Sua misericórdia, a descobrir esse ouro". E num relatório posterior ele se refere laconicamente, "à nossa atividade, que é coletar ouro". Seu percurso é traçado a partir dos indícios de existência de ouro que ele pensa encontrar. "Decidi ir para o Sudoeste procurar ouro e pedras preciosas".

Essa atitude gananciosa espantava civilizações mundo afora que comentavam: "seu lema parece ser dinheiro, dinheiro, ganhar dinheiro, ficar rico e se transformar num gentleman" (OJIBWE em NERBURN, 1999, p. 59). Por causa dessa ambição dos povos europeus, ocorreu nas Américas o maior genocídio que se tem notícia. Por assassinatos diretos, maus tratos e doenças, morreram cerca de 70 milhões de pessoas! "Em 1500 a população do globo devia ser da ordem de 400 milhões, dos quais 80 habitam as Américas. Em meados do século XVI, desses 80 milhões restaram 10" (TODOROV, 2003, p. 192). Esse extermínio nunca foi muito comentado e a história oficial ainda omite esse fato.

Outro episódio pouco conhecido que ocorreu no século XV foram as navegações chinesas. Ao contrário das esquadras europeias que subjugaram e dizimaram povos pela América, África e Ásia com o objetivo de enriquecer e expandir o Cristianismo, os chineses, que ainda preservavam os valores do homem arcaico, saíram pela costa leste africana, com cerca de 370 embarcações (as portuguesas tinham 3 ou 4) e perto de 17.000 homens. Seu objetivo único e exclusivo era distribuir presentes, para demonstrar o esplendor de seu povo (BOORSTIN, 1994). Quase na mesma época, duas visões de mundo opostas se lançaram ao mar. Como bem sabemos, venceu a europeia, que dirige nossa vida contemporânea expandindo não mais o Cristianismo, mas empresas multinacionais.

A Europa implantava, à custa de muito sangue, seu estilo de vida que, por outro lado, continuava mudando aceleradamente. Algum tempo depois artesãos começaram a se associar criando corporações para defender seus interesses e trabalhadores das indústrias em formação se uniam por melhores pagamentos formando os primeiros sindicatos. Mercadores também se juntavam para levantar os enormes capitais necessários para custear o comércio marítimo criando as primeiras sociedades por ações nas quais os reis também não deixavam de investir participando de lucros polpudos com suas cotas (HUBERMAN, 1982).

De uma Europa dominada por uma aristocracia de sangue e pela Igreja, o continente havia se transformado num caldeirão em ebulição. As navegações tinham alargado os horizontes. Foram descobertas novas terras que aos poucos eram colonizadas e passavam a incrementar o comércio com o 'velho continente'. Se o comércio se desenvolvia a passos largos de um lado, novas técnicas de produção eram implementadas de outro lado. Bastava surgir alguma necessidade, que apareciam empreendedores para atendê-las. Se os riscos envolvidos num determinado negócio eram elevados, lá estavam os financistas com suas matemáticas milagrosas criando produtos para compensar eventuais prejuízos (BERNSTEIN, 1997).

No plano político, os burgueses haviam dominado o cenário antes comandado por reis e pela Igreja. Em 1789 a revolução francesa transferiu o poder para a nova classe burguesa, sob o princípio da liberdade, igualdade e fraternidade, nacionalizando as terras da Igreja, extinguindo o feudalismo e inaugurando os valores da democracia e do socialismo. "A partir de primeiro de abril próximo será permitido a todas as pessoas fazerem qualquer negócio ou exercer qualquer profissão, arte ou trabalho que acharem bons". Com esse decreto de 1791 que instaurou a livre iniciativa na França, alguns historiadores consideram que nesse momento inicia o período capitalista (MEIRELES; PAIXÃO, 2003, p. 50).

O MUNDO MODERNO E CONTEMPORÂNEO

Um dos princípios básicos do empreendedor é a capacidade de inovar. Alguns deles fazem ou descobrem coisas tão significativas que modificam a sociedade inteira: em 1776 um inglês chamado Watt criou uma máquina movida a vapor. Em poucas décadas essa descoberta mudou definitivamente não só a forma de produção industrial, que ganhou escala, como também o transporte de mercadorias que passou a ser feito por trens e navios a vapor.

As indústrias têxteis e de produtos domésticos cresceram e passaram a empregar mais. Os trabalhadores e comerciantes que sempre procuraram morar próximo do local de trabalho e construíam suas casas ao redor de castelos e igrejas, passaram a morar perto das fábricas. Nasciam as primeiras cidades industriais e com elas ganhou importância o industrial: "a figura dominante nesta transformação [...] não era o mercador voltado para a compra e venda de mercadorias, mas o industrial, voltado para a produção destas mercadorias" (GALBRAITH, 1989, p. 52). Aumentava também a especialização do trabalho que demandava novas escolas e profissões. As pesquisas científicas cresciam de mãos dadas com os interesses econômicos e suas descobertas eram rapidamente aplicadas. O transporte marítimo barateou passando a custar 1/7 do preço anterior. Isso fez crescer a movimentação de estoques de mercadoria ao redor do mundo. Crescia a indústria naval, a siderúrgica, a de máquinas, que mantinham o desenvolvimento sustentado com a transformação de um mundo rural para o urbano que acontecia num ritmo cada vez mais veloz. De 1800 a 1900 a população de Londres cresceu de 900 mil para 4,7 milhões de habitantes, em Paris ela saltou de 600 mil para 3,6 milhões, ao mesmo tempo em que a Igreja perdia seu poder. Para a elite cultural das novas cidades industriais, a Igreja passou a ser vista como "o ópio do povo" (ROBERTS, 1995).

A industrialização mudou a vida em todos os sentidos. O ritmo não seguia mais a natureza e sim a velocidade das máquinas. A imagem que melhor descreve isso é a do operário em atividades repetitivas no filme *Tempos Modernos* de Chaplin. As técnicas de divisão do trabalho tornaram a rotina monótona e desprovida de sentido. Cada trabalhador se tornava responsável apenas por uma parte ínfima do processo produtivo: "Um homem puxa o arame, outro o endireita, um terceiro corta-o, um quarto aguça-o, um quinto afia-lhe o topo para receber a cabeça [...] a importante atividade de produzir um alfinete é, deste modo, dividida em cerca de dezoito operações distintas" (SMITH, 1987, p. 79).

Com esse tipo de trabalho, o homem perdeu o vínculo direto com o produto que fabricava; em contrapartida os salários eram mantidos no nível de uma sofrível subsistência. Em contraste, os lucros pagavam o avanço da indústria e os amplos confortos dos aristocráticos industriais, mercadores e banqueiros. Suas esposas se tornaram "ladies" e levavam uma vida luxuosa desfilando elegantemente por Londres e Paris. Em 1840, metade da nobreza francesa já era composta de pessoas de origem humilde que haviam enriquecido nas últimas décadas. Surgia assim a figura do empreendedor bem sucedido: o *self-made-man* (HOBSBAWM, 2003).

A partir de 1815, a construção de fábricas havia se tornado razoavelmente barata e com isso os industriais começaram a enfrentar um outro problema: a concorrência. O aumento da oferta derrubou os preços dos produtos encolhendo as margens de lucro. A saída encontrada pelos empresários foi a redução dos custos e, como o maior deles eram os salários dos funcionários, passou a ser preferível trocar a mão-de-obra por máquinas. Isso fez o rendimento dos trabalhadores despencar drasticamente: tecelões que ganhavam cerca de 33 schillings semanais em 1795, não recebiam mais do que 5 schillings em 1829 (HOBSBAWM, 2003).

A pujança da industrialização contrastava com o crescimento da pobreza e do descontentamento, ingredientes básicos da revolução social. Aos pobres não restavam muitas alternativas: lutar para se tornarem burgueses, aceitar a repressão ou se rebelar. A partir de 1830 a arte e a literatura começaram a expressar a situação ultrajante do proletariado e da vida nas periferias. A tensão entre as classes dos ricos industriais e dos pobres trabalhadores se agravou. Greves e protestos na Inglaterra, Itália e Espanha frequentemente terminavam com vítimas fatais. De um lado estavam os burgueses donos dos meios de produção, de outro o proletariado. A revolução francesa já havia mostrado que uma classe oprimida poderia se rebelar vitoriosamente e com isso o ruído de uma revolução comunista tomou corpo. Estavam "dormindo sobre um vulcão", previu o político francês Tocqueville na Câmara dos Deputados, alertando para a gravidade da situação. Em fevereiro de 1848, Marx e Engels lançaram, anonimamente, o famoso panfleto *Manifesto Comunista* que foi publicado em inglês, francês, alemão, italiano, flamengo e dinamarquês. Em poucas semanas se formou a primeira revolução em escala planetária provocando combates simultâneos na França, Alemanha, Hungria, Itália, Áustria e até mesmo no Brasil e na Colômbia, mas que em poucos meses foram abafados (HOBSBAWM, 2002).

O período que seguiu essa revolução foi inicialmente de apreensão. Os empreendedores, cautelosos, suspenderam seus investimentos à espera de novos fatos no campo político e social. Alguns anos se passaram e nada de novo aconteceu. Enquanto isso, as recentes invenções como o trem, os navios a vapor e o telégrafo criaram a possibilidade de a industrialização se espalhar pelo mundo e o comércio internacional florescer. Em pouco tempo, o temor revolucionário desapareceu dando lugar a uma sensação de que a economia unia o mundo numa só direção para o desenvolvimento. Alguns historiadores chegaram a comparar este momento com o período das navegações e a descoberta de novos mundos. Uma onda de otimismo tomou conta dos mercados.

A ciência continuava a avançar dentro dos laboratórios de pesquisa que se tornaram parte das indústrias, recebendo delas grandes investimentos. Esses investimentos geraram resultados e nas décadas seguintes o mundo entrou na era da luz elétrica, do telefone, dos motores, do aço, dos primeiros eletrodomésticos, do fogão a gás etc. O crescimento dos negócios e das organizações pedia também melhores técnicas de administração. Esta necessidade de novos profissionais e conhecimentos fez da educação um fator indispensável para o desenvolvimento dos negócios e isso incentivou o surgimento de escolas. Em 1881 foi criado o primeiro curso superior de administração: a Whorton School of Finance. Com isso, administrar também virou uma ciência e em pouco tempo começaram a surgir as primeiras teorias de administração com Taylor (MEIRELES; PAIXÃO, 2003).

Os administradores formados por essas escolas passaram a assumir o controle das empresas e o lugar do empreendedor na chefia das empresas passou a ser ocupado por um profissional burocrata (GALBRAITH, 1989). A economia seguia em ritmo cíclico; algumas décadas de euforia eram seguidas de períodos de retração. Nessas desacelerações, o desemprego aparecia explicitamente nas cidades como um fenômeno do capitalismo. Aumentava com ele não só a pobreza, como retornava amplificada a ameaça de manifestações revolucionárias. No início do século XX, na Itália, Espanha e Inglaterra voltaram a ser frequentes as greves, os protestos e os combates nas ruas contra a sociedade capitalista. Essa pressão social, no entanto, trouxe benefícios para a população de alguns países através de importantes vitórias obtidas pela influência política dos socialistas. A partir de 1911 os impostos cobrados dos ricos davam aos governos possibilidades de praticar políticas compensatórias, melhorando significativamente a vida de populações antes desfavorecidas (ROBERTS, 1995).

Se fizéssemos um balanço econômico do mundo nos primeiros anos do século XX, veríamos pólos industrializados rivais, como Inglaterra, Alemanha e Estados Unidos, formando monopólios em várias indústrias e setores, numa economia mundial cada vez mais interdependente. Essa tendência de concentração foi fruto do desenvolvimento dos meios de transporte, comunicação e do avanço tecnológico obtidos no século XIX.

Com eles, a produção pôde ser concentrada em algumas localidades e feita a custos inferiores. Esse ganho de escala deu a alguns grupos uma vantagem competitiva sobre os pequenos empreendedores que foram postos para fora do mercado. Algo semelhante acontecia entre os países ricos e pobres: o mundo entrou no período do imperialismo, onde as nações menos desenvolvidas passaram a depender da economia mundial dominada pelos países desenvolvidos.

A megalomania tomou conta de empreendedores e políticos. "As fronteiras naturais da Standard Oil, do Deutsche Bank ou da De Beers Diamond Corporation estavam no fim do universo, ou melhor, nos limites de sua capacidade de expansão". Ao mesmo tempo, o objetivo das principais nações era se tornar uma "grande potência"; "para os dois principais oponentes, Alemanha e Grã-Bretanha, o céu tinha de ser o limite" (HOBSBAWM, 1995, p. 37). Apesar de seu tremendo sucesso industrial e econômico, a Alemanha buscava "respeito e prestígio – 'um lugar ao sol', como alguns alemães diziam" (ROBERTS, 1995, p. 851).

Não nos cabe aqui discorrer sobre os motivos das duas guerras mundiais; pretendemos apenas destacar o imperialismo como fator decisivo dos conflitos. Huberman, em seu livro *História da Riqueza do Homem* escrito em 1936, observa: "a Alemanha, Itália e Japão desejam colônias hoje. Itália e Japão estão agarrando o que encontram. A Alemanha está se armando – na preparação para agarrar alguma coisa. O imperialismo leva à guerra" (HUBERMAN, 1982, p. 269).

O resultado da primeira guerra foi a bancarrota da Europa. Como vimos anteriormente, sempre que havia uma retração na economia os partidos socialistas ganhavam força. Desta vez, eles não só cresceram como a vitória foi implacável. Em outubro de 1917, a Revolução Bolchevique trouxe a alternativa que se esperava contra o sistema capitalista obtendo uma expansão extraordinária: em 30 anos, um terço da população mundial já vivia sob o regime Comunista (HOBSBAWM, 1995). Durante esse período, o avanço do comunismo recebeu um impulso adicional na grande depressão de 1929. "O trauma da Grande Depressão foi realçado pelo fato de que um país que rompera clamorosamente com o capitalismo pareceu imune a ela: A União Soviética" (HOBSBAWM, 1995, p. 100).

Enquanto isso, no Ocidente, a crise levou milhares de empresas à falência, outras tantas perderam 60, 70, 80, 90 por cento das vendas e algumas ainda preferiram queimar seus produtos, como o conhecido caso brasileiro do café. O desemprego, consequência direta da retração econômica, chegou a 23% da população economicamente ativa na Grã-Bretanha, 24% na Suécia, 27% nos Estados Unidos, 32% na Dinamarca e na Alemanha essa marca chegou a espantosos 44%! (HOBSBAWM, 1995). Neste momento, "brilhou a estrela" do economista inglês Keynes que contrariou o viés liberalista das políticas econômicas pregadoras da não intervenção do estado na economia: "a longo prazo, estaremos todos mortos!", dizia. Para ele, em momentos de depressões, os governos devem abandonar a 'cartilha' da boa gestão das finanças públicas e intervir no mercado de forma compensatória. Enquanto isso, do outro lado do Atlântico, um político astuto lançou um "grandioso programa" de obras públicas ao tomar posse do governo de seu país em 1933: Adolf Hitler (GALBRAITH, 1989).

A Europa exausta ainda se recuperava das graves consequências da Primeira Guerra e da Grande Depressão, quando a Alemanha ressurgiu vibrante com objetivos expansionistas, irracionais e ilimitados. Os métodos violentos do Fuhrer obrigaram vários países a se aliarem contra essa ameaça. Capitalistas e comunistas deixaram de lado suas divergências para se unirem contra os fascistas.

Terminada a Segunda Guerra Mundial os Estados Unidos surgiram como grande beneficiados, uma vez que sua indústria, já bem estabelecida, foi a fornecedora da Europa durante os períodos de guerra e reconstrução. No entanto, o mundo entrava numa outra guerra, para muitos a Terceira Guerra Mundial, mas sob a denominação de "Guerra Fria". A questão central desse embate, como bem conhecemos, foi o sistema econômico de governo. Formaram-se dois blocos: de um lado estavam os países Comunistas representados pela União Soviética e de outro os Capitalistas liderados pelos Estados Unidos. Apesar dessa divisão, durante um longo período a situação permaneceu razoavelmente estável, pois nenhum dos lados pretendia chegar às vias de fato.

No entanto, a partir da década de 1950, cada bloco passou a se armar compulsivamente, investindo fortunas incalculáveis em ogivas nucleares, aviões supersônicos, navios de guerra e participando indiretamente das políticas de países em desenvolvimento, pois "vários regimes na África, Ásia e mesmo no solo das Américas eram atraídos pelo lado soviético"

(HOBSBAWM, 1995, p. 242). A estratégia norte-americana se baseava, segundo alguns, em elevar o gasto armamentista a tal ponto que conduziria a União Soviética à falência, na tentativa de acompanhar esses investimentos. Apesar disto ter de fato acontecido, para Hobsbawm (1995, p. 246) "a guerra fria acabou quando uma ou ambas as superpotências reconheceram o sinistro absurdo da corrida nuclear, e quando uma acreditou na sinceridade do desejo da outra de acabar com a ameaça nuclear".

Na segunda metade do século XX houve algumas das mais profundas transformações sociais da história da humanidade. A primeira delas foi a migração maciça dos camponeses para as cidades, mudando definitivamente a forma de vida humana que desde sempre havia sido a pesca, a agricultura e o pastoreio. Em 1985, com exceção de algumas regiões da África e Ásia, quase todo o planeta já vivia em cidades. Nenhum país europeu tinha mais que 10% da sua população vivendo no campo; no Japão não eram mais que 9%; na América Latina os camponeses eram minoria em todos os países. A segunda grande transformação ocorreu nas cidades; cresceram significativamente as atividades que exigiam estudo secundário e superior. A terceira transformação foi o declínio da população operária, pois as novas tecnologias automatizaram as indústrias, liberando um imenso contingente por todo o planeta. No início da década de 1990, os países ocidentais tinham em média cerca de 25% da população economicamente ativa trabalhando na indústria. Nos Estados Unidos este número já estava bem abaixo de 20% (HOBSBAWM, 1995, p. 299). A quarta grande transformação social ocorrida no final do século XX foi a entrada das mulheres, mesmo as casadas, no campo de trabalho dividindo espaço com os homens. A saída da mulher alterou os lares e um número imenso de pessoas passou a viver só. Em 1980 menos de 30% dos lares eram compostos de famílias convencionais (pai, mãe e filhos). "A revolução cultural de fins do século XX pode assim ser mais bem entendida como o triunfo do indivíduo sobre a sociedade" (HOBSBAWM, 1995, p. 328).

Além dessas importantes transformações na sociedade e o incrível avanço tecnológico, o século XX terminou sem a antiga polaridade entre capitalistas e comunistas. A primeira impressão que nos vem é que o capitalismo 'venceu a batalha', mas isso não é bem verdade. Apesar de continuar existindo como sistema econômico, ele foi bastante modificado. Desde o início do capitalismo, que segundo alguns autores se deu na Revolução Francesa, o pensamento econômico que o apoiava era o liberalismo. Isto significava liberdade de ação sem intervenção do estado. Em poucas palavras, "laissez-faire", ou seja, deixe acontecer, que o mercado tem mecanismos para se equilibrar. No início do século XX, pressões políticas e sociais já não permitiam essa forma de condução da economia; vários países europeus começaram a ceder aos apelos sociais e com isso começou a ser implantado em alguns deles o "welfare state" (estado do bem estar), que inaugurou imensos programas sociais e constantes intervenções dos governos. Mas isso só veio a ser de fato estabelecido em larga escala após a crise de 1929. As empresas e as classes mais favorecidas passaram a pagar tributos, que financiavam seguro desemprego, aposentadoria e outros benefícios para toda a população. Isso evidentemente não aconteceu sem grito: "Nenhuma lei da história americana foi mais amargamente criticada pelos porta-vozes dos empresários do que o Social Security Act" (GALBRAITH, 1989, p. 195).

As empresas, por outro lado, também não são mais as mesmas. No início da segunda guerra, os principais empresários já tinham sido substituídos por administradores profissionais. "Ao invés dos capitalistas ao velho estilo, nos países desenvolvidos são os fundos de pensão que controlam cada vez mais o suprimento e a alocação do dinheiro [...] Os proprietários e beneficiários dos fundos de pensão são, é claro, os trabalhadores do país. Se o socialismo é definido, segundo Marx, como sendo a propriedade dos meios de produção pelos trabalhadores, então os Estados Unidos se transformaram no país mais socialista de todos – embora também continue a ser o mais capitalista" (DRUCKER, 1997, p. XV).

Independentemente de seus grandes acionistas serem fundos de pensão, as empresas não perderam seu ímpeto capitalista buscando o resultado econômico. Elas continuaram a se expandir internacionalmente, conduzindo o processo bastante conhecido da globalização de mercados. Esse crescimento, no entanto, enfrenta um movimento contrário. Alguns analistas percebem que a concorrência está levando as empresas a buscarem custos de produção cada vez mais baixos e, nesta tentativa, fabricam seus produtos em países de população miserável. Procuram mão de obra barata e posteriormente vendem em escala global. Com esta dinâmica as empresas estão repetindo em países pobres as práticas produtivas que ocorreram na Inglaterra em 1800. Ou seja, a tecnologia do século XXI convive com o trabalho quase escravo do início da industrialização. Essa política tem transferido empregos de um país para outro e enfraquecido sindicatos e governos, pois se esses exigirem demais, a indústria se muda. Simples assim (GREIDER, 1997).

Como podemos notar, nossa civilização ainda não conseguiu encontrar o equilíbrio social. Os programas de privatização executados nos anos 1990 por governos que não tinham a capacidade de bancar os investimentos necessários para sustentar o crescimento econômico são mais uma prova do enfraquecimento dos Estados frente ao poder das empresas. A volta do liberalismo, portanto, foi mais o resultado de um desequilíbrio do que de uma política planejada. A crise econômica de 2008, resultado do pouco controle governamental, parece marcar o final da crença ingênua de que uma "mão invisível" e o "bom senso" dos agentes econômicos são capazes de regular a economia.

Mas essa não é a principal questão. Na virada do milênio, o capitalismo, turbinado pela nova economia, atingiu e ultrapassou os limites do planeta e a Terra começou a mostrar sinais de esgotamento. Como reação a isso surgiu o pensamento ecológico, impensável até os anos 1970. Alguns céticos homens de negócio acreditam que a tecnologia dará conta dos problemas à medida que eles forem aparecendo. Outro grupo, composto não mais por profetas, mas principalmente por cientistas, ambientalistas e por vários chefes de Estado, dizem que caminhamos para um "Geocídio". Dizem também que o ser humano apesar de todo o desenvolvimento de sua lógica, inteligência e razão, não tem consciência do que está fazendo.

Vale recordar a observação de Einstein quando lhe perguntaram o que achava sobre o conceito de infinito aplicado ao Universo, no que respondeu: "Se o Universo é infinito ainda não tenho certeza, mas uma coisa tenho certeza que é infinita: a estupidez humana!"

Um exame atento da história e da vida mostra que às vezes incríveis catástrofes precisam acontecer para mudar a forma como vivemos. Será que teremos de repetir o mito de Atlântida, onde o desvario resultou na destruição da civilização humana que se gabava de seus feitos e poder? Será que se continuarmos com o modelo consumista e produtivista, focado principalmente em resultados financeiros no curto prazo, não estaremos comprometendo as condições de vida das próximas gerações? Continuaremos agindo de forma infantil e imediatista, reprimindo o lado "chato" da realidade, com a ilusão de que "daremos um jeito" nos problemas no futuro?

Vejamos então, a título de reflexão, um belo mito da Antiguidade sobre o Titã Prometeu, que roubou o fogo dos deuses (símbolo da inteligência e do poder criador) para dá-lo aos homens, mas recusou a justa medida de seu uso, chamada pelos gregos de *Dike*.

O mito conta-nos que o Titã Prometeu moldou um boneco de barro, procurando assemelhá-lo com todos os atributos dos deuses. Estes, ao vê-lo moldando esse boneco resolveram presenteá-lo cada um com uma dádiva. Assim, dizem que um lhe concedeu a vaidade do pavão, outro a timidez da lebre, outro a ferocidade do tigre, outro a astúcia da raposa, e assim por diante. Finalmente, o grande Zeus decidiu animar este boneco, permitindo ainda que Prometeu moldasse muitos outros, para que não ficassem sós. Assim nasceram os "humanos primordiais", que não eram nem masculinos nem femininos, pois eram imortais e não precisavam se multiplicar.

Os humanos passaram a seguir os deuses, que eram sua medida por excelência. Mas um dia Prometeu quis para os homens mais do que isso, pois sonhava com eles conquistar o Olimpo e destronar Zeus. Declarou ainda que assim – ele e os humanos – não precisariam dos deuses, nem para obedecer nem para cultuar. "Seriam a medida de todas as coisas..." (sic). Tentou ainda enganar a Zeus, oferecendo-lhe um presente. Para tanto matou um belo touro e separou suas carnes e gorduras e os ossos de sua pele. Envolveu os ossos na gordura e as carnes na pele, de tal modo que um fardo ficasse maior que o outro. Ofereceu então um banquete ao grande Zeus, pedindo-lhe que escolhesse um dos fardos para servi-lo. O senhor do Olimpo naturalmente escolheu o maior, mas muito irado ficou quando descobriu que fora enganado por Prometeu. Além disso, como já dissemos, Prometeu roubara o fogo divino (símbolo da inteligência) para dá-lo aos homens.

Zeus chamou o Titã e perguntou-lhe: "Roubaste o fogo para dá-lo aos homens; com que medidas justas governarás seu uso? Como impedirás o desvario do poder que dele emana? Como conseguirás que as criações do fogo divino não resultem em destruição nas mãos dos homens desmedidos?" Não é preciso refletir muito para percebermos a atualidade da questão.

Em resposta Prometeu tentou enganar Zeus, oferecendo-lhe o referido banquete de ossos e gorduras, ou seja, praticou o primeiro ato simbólico da condição humana: o engano e a mentira. Alguns dirão que Zeus foi ingenuamente enganado por Prometeu, sendo este mais esperto. Mas é uma observação irrefletida: Zeus, ao aceitar o maior, quis mostrar que os deuses estão acima da falsidade, das aparências e da mentira. O que estava à vista, ou seja, o fardo maior deveria conter a maior oferenda, que era a justa parte para o maior dos deuses. Prometeu, ao esconder as carnes no fardo menor, inaugurou a condição humana e justificou a separação entre homens e deuses, pois inaugurou a era que separava a essência da aparência. Assim, Zeus declarou: "Provaram o poder e a seu desvario sucumbiram. Fizeram da aparência um engano da essência; criaram o duplo e cercaram-se do ambíguo; espalharam o escândalo e semearam a perplexidade".

Decidiu então castigar Prometeu e os homens. Ordenou que Prometeu fosse acorrentado no Cáucaso com uma águia a comer-lhe o fígado durante trinta anos ou trinta séculos, conforme a versão. Condenou os homens à perda da imortalidade dizendo-lhes: "Eu vos abandonarei à sua própria sorte e sina. De ora em diante ordeno que os deuses partam e se retirem para o céu e que os homens sejam abandonados aqui na Terra. Não é isso que queriam? De ora em diante os deuses apenas sugerem o destino a cumprir. Aqueles que o seguirem, acalentados serão, mas aqueles que o negarem, arrastados serão. Declaro ainda que na Terra tudo agora se paga; o homem obterá alimento com o suor do seu rosto; uma desgraça nunca virá só, ela será tripla. Ordeno finalmente que se vistam, pois sua nudez não revela a essência, ao contrário, na aparência escondem a verdade".

Vale notar que aqui vemos a questão do "pecado original" e da nudez, escondida pela folha de parreira no relato bíblico da expulsão do paraíso de Adão e Eva. O que está em jogo aqui é uma interpretação muito mais factível do que representa a vergonha. Por outras palavras, a vergonha dos homens perante Deus não reside em expor seus genitais, mas na sua capacidade de mentir e enganar. Ou seja, o que representa a verdadeira separação entre homens e deuses é que os primeiros mentem e falsificam a essência na aparência e por isso devem se vestir. Encontramos aqui o verdadeiro significado do sentimento de vergonha perante Deus, que foi tão distorcido pelo falso moralismo judaico-cristão-islâmico até os nossos dias.

Acrescente-se ainda que a tola visão do Iluminismo e do progresso desvairado à custa da natureza fez de Prometeu um benfeitor da humanidade porque deu aos homens o "fogo dos deuses". Quanto à medida de seu uso – a ética e o respeito à vida e à natureza – bem, para isso a tecnologia encontrará uma solução quando necessário. (sic)

A literatura e os grandes pensadores já estavam cientes do desvario humano e legaram-nos obras-primas para alertar quem por ventura estivesse disposto a enfrentar essas questões inadiáveis da condição humana e da vida. Em *Dr. Jeckill e Mr.Hyde*, Stevenson nos alerta sobre a ambiguidade que habita em todos nós; como de anjos nos transformamos em monstros (parecendo anjos) e a terrível tarefa de governar nosso ímpeto desvairado em nome do progresso. Outra obra imortal é *Frankenstein*, considerado o Prometeu Moderno, que nos remete ao delírio de que seremos capazes de mexer nas estruturas da vida – colhendo a destruição como resultado. É o homem perdendo o controle de sua criação. *O Aprendiz de Feiticeiro* de Goethe aborda esse mesmo tema. É preciso ter sabedoria para que a criação não se torne destruição.

A modernidade, mais uma vez, encarregou-se de criar outras ideologias mais sutis e assassinas. O afã de se ter mais e mais, a loucura de correr não se sabe para onde, o consumismo desvairado e o delírio empresarial da "produtividade", onde os homens são sacrificados por uma busca desenfreada do mais e melhor. O resultado é calamitoso: cobiça, ciúmes e inveja governando e destruindo.

Chegamos num impasse, como era de se prever. A grande questão que vemos aqui é a necessidade de um novo paradigma empreendedor, que ironicamente terá que conter aspectos arcaicos. A volta da moderação e a reunificação do homem com a terra e com a natureza, coisa considerada sagrada na Antiguidade, é inevitável se quisermos continuar deixando descendentes. A separação entre homem e natureza não se sustenta mais. Não é possível manter o paradigma atual, no qual empreendedores usam a natureza como recurso a ser explorado sem pagar pelo dano que causam. Precisamos voltar a aprender a viver em nosso planeta. A ganância e o desejo de poder e status terão de ser controlados e reeducados.

CAPÍTULO 2

O NARCISISMO COMO VALOR CULTURAL DO HOMEM OCIDENTAL OU A BELEZA AMERICANA E O CONSUMISMO

Após o final da Segunda Guerra Mundial, a cultura que emerge vem de uma destruição tremenda. Afinal de contas, são duas grandes guerras e entre elas a crise de 1929, e de qualquer maneira não é só isso: após a 2ª Guerra, o homem se depara com a falta de sentido da existência e não é por acaso a eclosão do existencialismo ateu de J.P. Sartre e o niilismo de Heidegger, que se tornam as "coqueluches" do pensamento existencial. Por outras palavras, o sentimento de vazio, a vida sem sentido e sem causa se instaura no mundo ocidental.

Um grande marco é o filme *Juventude Transviada* de Elia Kazan, tendo James Dean no papel principal: "Já que nada tem sentido, o sentido sou eu". Agora é tudo pelo prazer, pela satisfação imediata, pelo divertimento máximo do eu.

Nos anos 1960 a guerra do Vietnã faz surgir a famosa utopia *Hippie*, da qual vingou apenas o hedonismo, o prazer pelo prazer, o amor livre, "sexo, drogas & rock'n roll". Esse movimento acaba tendo uma reação: os *Yuppies*, que aparecerão logo depois. Do *Hippie* ao *Yuppie*: a juventude desorientada logo se torna o seu oposto. Passa da contracultura ao culto do dinheiro, ao status dos MBAs, de Wall Street etc. De uma forma ou de outra, "viver o momento é a paixão que prevalece – viver para si mesmo, não para seus predecessores ou para a posteridade" (LASCH, 1991, p. 5).

Essa chamada *Cultura do Narcisismo* que vemos surgir, foi berço das relações sem vínculo afetivo e da permissividade. As estatísticas são reveladoras: "em 1938 houve um divórcio para cada 58 casamentos, mas em meados da década de 1980, a proporção era de um divórcio para cada 2,2 casamentos. [...] As mulheres que procuravam clínicas ginecológicas na década de 1970 mostravam uma substancial diminuição no casamento formal, uma redução no desejo de ter filhos e uma mudança de atitude para a aceitação de uma relação bissexual. [...] O número de pessoas vivendo sós (isto é, não como membro de nenhum casal ou família maior) também começou a disparar para cima. [...] Na Suécia, quase metade de todos os partos em meados da década de 1980 foi de mulheres solteiras. [...] Em 1991, 58% de todas as famílias negras nos EUA eram chefiadas por uma mulher sozinha, e 70% de todas as crianças tinham nascido de mães solteiras. [...] A crise da família estava relacionada com mudanças bastante dramáticas nos padrões públicos que governam a conduta sexual, a parceria e a procriação, [...] tornavam agora permissíveis coisas até então proibidas" (HOBSBAWM, 1995, p. 316).

Essa tremenda revolução cultural obrigou a própria psicanálise a mudar de foco. Ela, que surgiu no século XIX com Freud cuidando de indivíduos extremamente rígidos e sexualmente reprimidos, na segunda metade do século XX passou a se deparar muito mais com o caso inverso, ou seja, de pacientes sexualmente permissivos e que passam a vivenciar os seus complexos ao invés de reprimi-los (LASCH, 1991).

O comportamento narcisista deu impulso às tendências de culto ao corpo e da aparência em todas as suas vertentes. Vemos "explodir" o mercado das academias de ginástica, dos "personal trainers", dos produtos esportivos, dos suplementos alimentares, das cirurgias plásticas, das lipos, dos dermatologistas, dos cosméticos; emerge a divinização das marcas, a supervalorização da moda e de seus acessórios.

A reboque ocorre a descoberta das práticas orientais; a *Ioga*, o *Tai Chi Chuan*, as alimentações naturais, macrobióticas etc. A "onda naturalista" que começou a tomar corpo na década de 1960 para "descobrir as coisas que não fazem mal", segue a mesma noção de falta de sentido que já mencionamos: "Uma vez que a única coisa que tenho é a vida, vou segurá-la e preservá-la com unhas e dentes". Esta forma de narcisismo, nada tem a ver com a cultura oriental – que unia tudo isso ao cultivar do espírito. Na verdade, o interesse coletivo é por conservar o corpo tão jovem quanto possível.

Platão arrancaria os cabelos com essa ideia de belo que cultivamos. É a escravidão do corpo e do dinheiro. Na tradição oriental o sacrifício do corpo visava a uma saúde que abrisse as portas para a espiritualidade, para o *Dharma* (o aspecto essencial do indivíduo). Mas o homem ocidental não busca nada disso, faz da *Ioga* uma "Power Ioga", deturpando os ensinamentos orientais, onde o cuidado físico é apenas uma preparação para o cuidado espiritual – e nunca um fim em si mesmo. E mesmo quando há entre os ocidentais uma busca espiritual, ela está ligada a um ideal de perfeição narcísica – e não à entrega e ao despojamento oriental.

Todos esses elementos são sinais de que a vaidade tomou conta da civilização ocidental; por isso, não é de se estranhar que na virada do milênio o ideal de homem tenha se tornado o metrosexual, personalizado no jogador de futebol inglês David Beckham: jovem, belo, próspero, atlético, minucioso com relação à aparência, consumidor de cosméticos, de cirurgias estéticas, de produtos de design e de marcas que anunciam o seu "life style".

Coincidentemente (ou não, como veremos), atendendo à necessidade narcísica da constante admiração, surgem em nossa época a mídia das massas e a "sociedade do espetáculo", com os paparazzi perseguindo celebridades, dando vazão a seus delírios estapafúrdios de sucesso e fama. Do outro lado, surge uma imensa plateia voraz e curiosa, querendo saber detalhes íntimos (às vezes até ginecológicos) da vida privada dos famosos. (vide Big Brother etc.)

Mas hoje as celebridades não se resumem apenas aos artistas e às socialites. O narcisista necessita de plateia, do reconhecimento público das suas realizações e por isso busca atingir posições de preeminência. Vemos isso nas empresas, na política, na medicina, na publicidade, no direito, nas artes, enfim, o narcisista precisa de sucesso profissional e de um enorme patrimônio para satisfazer seu ideal de ego. Sustentar-se não basta. Mais do que fazer um trabalho bem feito, é preciso ter "visibilidade", palavra que se tornou corriqueira no mundo corporativo contemporâneo. O marketing pessoal é cuidadosamente estudado para que se tenha, acima de tudo, uma reputação de "winner", jamais de "loser" (LASCH, 1991). A escritora Adriana Lisboa observou sobre esse fato que "os americanos costumam insultar uns aos outros usando a palavra 'loser' – perdedor. É a cultura da ambição – e de sua irmã mais velha, a ganância. Poucas coisas ilustram melhor a nossa maluquice coletiva contemporânea do que esse pequenino gesto" (GRANTA, 2009, p. 89).

As carreiras de trabalho longas deixaram de existir junto com os envolvimentos afetivos. A permissividade tomou conta de todos os âmbitos. Hoje, ser visto como profissional de uma empresa só, atrapalha o currículo. O futebol, como esporte de massa, é um exemplo de como isso se disseminou em nossa sociedade. Ninguém mais defende seu time, sua torcida ou sua pátria. Cada um defende a si mesmo e seus próprios interesses. Se Pelé defendeu um dia o Santos F. C., Romário, ídolo de uma geração posterior, jogou no Vasco, no Flamengo e no Fluminense, três times da mesma cidade. O negócio sou eu, e o outro que se dane!

Não é diferente na política, nacional e internacional. Na política nacional, o outro é o povo e o vale tudo é a hipocrisia que encobre a corrupção. Na política internacional, o outro é um país que tem sobrando aquilo que se cobiça, e a indiferença é tomar-lhe o que interessa com algum pretexto absurdo e mentiroso. O narcisista pensa nele mesmo e quer tudo para si. Temos aí plantada a semente do consumismo e as empresas souberam muito bem "adubar esse terreno".

A partir dos anos 1950, quando a economia americana conseguiu suprir as necessidades básicas de seu povo, começou uma nova era da economia mundial. As empresas queriam crescer, mas o dilema era encontrar uma fórmula para conseguir isso quando praticamente todos já tinham o necessário. As empresas estavam diante de uma das leis mais poderosas da economia, a *Lei da Utilidade Marginal Decrescente*, que pode ser traduzida num simples exemplo: se estivermos morrendo de sede somos capazes de pagar uma fortuna por um copo d'água. No entanto, a cada copo que tomamos nossa sede vai diminuindo, e com ela o valor que se está disposto a pagar pelo copo seguinte. Até que inteiramente saciados, rejeitaremos um copo que nos seja oferecido de graça.

Mas não se pode duvidar da capacidade humana de superar obstáculos. Eis que veio uma luz "brilhante": Se não há necessidades, vamos criá-las! Criá-las como? Convencendo as pessoas de que precisam de coisas, criando desejos. Mas como convencê-las disso? Usando a psicologia para orientar campanhas publicitárias, manipulando a mente das pessoas! Mas o que dizer a elas? Dizer que sem essas coisas a vida delas não faz sentido; associando produtos ao glamour, ao sucesso e à felicidade; dizendo que se aquela mulher consumir essa margarina conseguirá ter a família feliz que sempre sonhou; que se ela usar esse sabão em pó será uma boa mãe; que se aquele senhor tiver uma conta nesse banco terá uma vida tranquila e poderá ter tudo o que sempre quis; que se aquele garotinho tomar esse achocolatado terá super-poderes; que se aquele rapaz tomar essa cerveja atrairá várias mulheres (lindas evidentemente); que se aquela mulher usar esse creme será eternamente jovem e atraente etc. Ou seja, as empresas encontraram uma maneira de criar necessidades ocupando espaços na mente das pessoas com marcas desejáveis. Como observou Lasch (1991), conquistaram seus corações, abraçando-as com uma mão, enquanto tiram o dinheiro do bolso delas com a outra!

Quando o dinheiro da população acabou, as empresas ofereceram mais: "Compre agora e pague depois". Difícil resistir a uma proposta dessas numa época de futuro tão incerto; só o insensato deixaria para depois o prazer que pode ter agora. A carga de informação que recebemos desde pequenos é imensa. Com ela, passamos a valorizar de tal maneira a riqueza e o sucesso, que os produtos acabaram se caracterizando como símbolos fundamentais de êxito e prestígio, ou seja, foram confundidos com a Virtude. Chegamos com isso a trocar o Ser pelo Ter – "você é o que consome" – confundimos nossa identidade com bens materiais. E isso é uma coisa grave, que traz sérias consequências para os indivíduos e para a sociedade.

Nos Estados Unidos e em boa parte do mundo contemporâneo, um dos maiores crimes que alguém pode cometer é ser pobre. O pobre é visto como um fracassado. Uma civilização que valoriza as posses com esse grau de intensidade e não oferece oportunidades de acesso a elas, provoca sentimento de frustração na população e induz à violência. Como reconheceu Merton (2002, p. 258), "a destrutividade com frequência tem sido identificada, do ponto de vista psicológico, como uma forma de frustração continuada". Em países pobres essa revolta tende a ser ainda mais devastadora, pois o fato de muitos não terem nem mesmo suas necessidades básicas supridas, faz despertar, segundo a psicanálise, um dos ímpetos mais primitivos do ser humano: o instinto homicida.

Darcy Ribeiro (1995, p. 190) denunciou essa dinâmica perversa: "o que opera é um monstruoso sistema de comunicação de massa fazendo a cabeça das pessoas. Impondo-lhes padrões de consumo inatingíveis, desejos inalcançáveis, aprofundando mais a marginalidade dessas populações e seu pendor à violência. [...] Um rádio e uma televisão social e moralmente irresponsáveis, para as quais é bom o que mais vende, refrigerantes ou sabonetes, sem se preocupar com o desarranjo mental e moral que provocam".

O narcisismo é a imagem da ruptura por excelência. Essa ruptura "eu – mundo", que o narcisismo instaurou de forma radical, inaugurando a fórmula "eu sou o mundo", conseguiu ir até mais longe, instaurando a ruptura "eu – outro". É a chamada ruptura dionisíaca, quando o outro deixa de existir como complemento necessário e fundamental para a existência. A relação que importa é a relação eu – ego ideal. O indivíduo só dá importância a uma coisa: poder transformar-se em seu ego ideal. Se for mulher desejará ser linda e ter todos os ícones que confirmam a sua posição social: ou se transforma naquela mulher perfeita ou será melhor morrer. Se for homem ou se tornará um "self-made-man" ou será um fracassado, um "loser", e por isso se destruirá como tal. Poder, status social e dinheiro: essa é a busca do ego ideal; o "lustre da persona".

A proliferação das drogas e da violência está nessa linha direta. Todos querem Ser, mas para Ser tem que Ter. Como vivemos numa cultura narcisista em que o outro, pouco ou nada importa, criamos a situação em que se mata para Ter, ou seja, para Ser. O documentário *Ônibus 174* de José Padilha e Marcos Prado é a demonstração dessa tese. Aos privilegiados resta protegerem-se por meio de blindagens. Se o país é rico, blinda suas fronteiras; se o país é pobre, blindam os carros, levantam os muros e contratam seguranças.

Nessa questão eu/outro, o raciocínio psicanalítico é interessante e inevitável, com etapas muito claras:

No início do século XX encontramos a problematização da relação: quando o outro, de quem eu tanto preciso para viver, se torna o centro do problema (a neurose). A mulher amada, o amigo, o sócio, enfim, as relações humanas são problematizadas. É o conceito mais conhecido de neurose. Eu preciso do outro, mas ele é o problema. Na verdade, eu sou o problema, mas não encontro um jeito de me relacionar com o outro. São as "encrencas do mundo", as famosas neuroses de transferência, onde tenho dificuldade em transferir minha libido, minha energia afetiva, para o outro. Meu casamento não deu certo, minhas relações no trabalho não dão certo, não tenho amigos etc. Surgem até duas piadas clássicas parodiando os tipos de neuroses que cabem nesta classificação:

1) O neurótico:

A • O neurótico obsessivo: complica para estabelecer uma relação de compromisso, de amizade e afetiva; coloca tantos empecilhos, tantos anteparos, que o objetivo na verdade é impedir a relação. Gasta toda a energia nesse processo e não estabelece a relação, pois precisa antes por em ordem tantas coisas e coloca tantas condições – e aí despende sua energia e tudo complica. Ao final estará exausto e não terá mais tempo nem energia para encontrar o outro.

B • O neurótico histérico: é o contrário, mas o resultado é o mesmo, pois ele faz tanta bagunça e se esquece das coisas, faz confusão e é claro que sempre se atrasa e acaba perdendo o encontro.

O que os obsessivos e os histéricos lamentam é a perda da relação com o outro e o mundo; na verdade, complicam tanto que as acabam perdendo.

2) O narcisista: como mencionamos acima, sua ligação "eu – mundo" já está perdida e não tem a menor importância, porque a relação que importa é a relação eu – ego ideal.

É no século XXI, por excelência, que podemos encontrar a exacerbação de um processo narcísico ainda mais radical, onde o culto não pertence mais a um ego ideal. O novo culto é o abandono de si, onde a vida não vale mais nada, inclusive a própria vida, e se você e eu não temos mais nada a ver – e eu não valho nada – dane-se o mundo. Não queremos perceber que estamos criando essa geração que não tem mais nem o narcisismo do amor fundamental pela vida.

No começo o outro era o problema, depois eu sou o problema, pois quero ser o ideal que não sou, mas neste terceiro momento não se diviniza mais nada. É o que der e vier e que se dane o que vier. Esta nova tendência não tem nome ainda, mas essa é a realidade que se impõe, como podemos perceber na entrevista de Marcola (líder da organização criminosa PCC); ou alguém tem a ingenuidade de achar que se trata apenas de um caso de polícia mal resolvido?

ENTREVISTA DE MARCOLA DO PCC AO JORNAL *O GLOBO* (23/05/2006) *Editorial: Segundo Caderno*

"

– Você é do PCC ?

– Mais que isso, eu sou um sinal de novos tempos. Eu era pobre e invisível... Vocês nunca me olharam durante décadas... E antigamente era mole resolver o problema da miséria... O diagnóstico era óbvio: migração rural, desnível de renda, poucas favelas, ralas periferias... A solução é que nunca vinha. Que fizeram? Nada. O governo federal alguma vez alocou uma verba para nós? Nós só aparecíamos nos desabamentos no morro ou nas músicas românticas sobre a "beleza dos morros ao amanhecer", essas coisas... Agora, estamos ricos com a multinacional do pó. E vocês estão morrendo de medo... Nós somos o início tardio de vossa consciência social... Viu? Sou culto... Leio Dante na prisão...

– Mas... a solução seria...

– Solução? Não há mais solução, cara... A própria ideia de "solução" já é um erro. Já olhou o tamanho das 560 favelas do Rio? Já andou de helicóptero por cima da periferia de São Paulo? Solução como? Só viria com muitos bilhões de dólares gastos organizadamente, com um governante

volução na educação, urbanização geral; e tudo teria de ser sob a batuta quase que de uma "tirania esclarecida", que pulasse por cima da paralisia burocrática secular, que passasse por cima do Legislativo cúmplice (Ou você acha que os 287 sanguessugas vão agir? Se bobear, vão roubar até o PCC...) e do Judiciário, que impede punições. Teria de haver uma reforma radical do processo penal do país, teria de haver comunicação e inteligência entre polícias municipais, estaduais e federais (nós fazemos até conference calls entre presídios...) E tudo isso custaria bilhões de dólares e implicaria numa mudança psicossocial profunda na estrutura política do país. Ou seja: é impossível. Não há solução.

– Você não tem medo de morrer ?

– Vocês é que têm medo de morrer, eu não. Aliás, aqui na cadeia vocês não podem entrar e me matar... Mas eu posso mandar matar vocês lá fora... Nós somos homens-bomba. Na favela tem cem mil homens-bomba... Estamos no centro do "Insolúvel", mesmo... Vocês no bem e eu no mal e, no meio, a fronteira da morte, a única fronteira.

Já somos uma outra espécie, já somos outros bichos, diferentes de vocês. A morte para vocês é um drama cristão numa cama, no ataque do coração... A morte para nós é o presunto diário, desovado numa vala... Vocês, intelectuais, não falavam em luta de classes, em "seja marginal, seja herói"? Pois é: chegamos, somos nós! Há, há... Vocês nunca esperavam esses guerreiros do pó, né?

Eu sou inteligente. Eu leio, li 3.000 livros e leio Dante... Mas meus soldados todos são estranhas anomalias do desenvolvimento torto desse país. Não há mais proletários, ou infelizes ou explorados. Há uma terceira coisa crescendo aí fora, cultivada na lama, se educando no absoluto analfabetismo, se diplomando nas cadeias, como um monstro "Alien" escondido nas brechas da cidade. Já surgiu uma nova linguagem. Vocês não ouvem as gravações feitas "com autorização da Justiça"? Pois é. É outra língua. Estamos diante de uma espécie de pós-miséria. Isso. A pós-miséria gera uma nova cultura assassina, ajudada pela tecnologia, satélites, celulares, internet, armas modernas. É a merda com chips, com megabytes. Meus comandados são uma mutação da espécie social, são fungos de um grande erro sujo.

– O que mudou nas periferias ?

– Grana. A gente hoje tem. Você acha que quem tem US$ 40 milhões como o Beira-Mar não manda ? Com 40 milhões, a prisão é um hotel, um escritório... Qual a polícia que vai queimar essa mina de ouro, tá ligado? Nós somos uma empresa moderna, rica. Se funcionário vacila, é despedido e jogado no microondas"... Há, há... Vocês são o Estado quebrado, dominado por incompetentes. Nós temos métodos ágeis de gestão. Vocês são lentos e burocráticos. Nós lutamos em terreno próprio. Vocês, em terra estranha. Nós não tememos a morte. Vocês morrem de medo. Nós somos bem armados. Vocês vão de "três-oitão". Nós estamos no ataque. Vocês, na defesa. Vocês têm mania de humanismo. Nós somos cruéis, sem piedade. Vocês nos transformam em superstars do crime. Nós fazemos vocês de palhaços. Nós somos ajudados pela população das favelas, por medo ou por amor. Vocês são odiados.

Vocês são regionais, provincianos. Nossas armas e produtos vêm de fora, somos globais. Nós não nos esquecemos de vocês, são nossos fregueses. Vocês nos esquecem assim que passa o surto de violência.

– Mas o que devemos fazer ?

– Vou dar um toque, mesmo contra mim. Peguem os barões do pó! Tem deputado, senador, tem generais, tem até ex-presidentes do Paraguai nas paradas de cocaína e armas. Mas quem vai fazer isso? O Exército? Com que grana? Não tem dinheiro nem para o rancho dos recrutas... O país está quebrado, sustentando um Estado morto, a juros de 20% ao ano e o Lula ainda aumenta os gastos públicos, empregando 40 mil picaretas. O Exército vai lutar contra o PCC e o CV? Estou lendo Klausewitz, "Sobre a guerra". Não há perspectiva de êxito... Nós somos formigas devoradoras, escondidas nas brechas... A gente já tem até foguete antitanques... Se bobear, vão rolar uns Stingers aí... Pra acabar com a gente, só jogando bomba atômica nas favelas... Aliás, a gente acaba arranjando também "umazinha", daquelas bombas sujas mesmo... Já pensou? Ipanema radioativa?

– Mas... Não haveria solução?

– Vocês só podem chegar a algum sucesso se desistirem de defender a "normalidade". Não há mais normalidade alguma. Vocês precisam fazer uma autocrítica da própria incompetência. Mas vou ser franco... na boa... na moral... Estamos todos no centro do "Insolúvel". Só que nós vivemos dele e vocês... não têm saída. Só a merda. E nós já trabalhamos dentro dela.

Olha aqui, mano, não há solução. Sabe por quê? Porque vocês não entendem nem a extensão do problema. Como escreveu o divino Dante: Lasciate ogni speranza voi che entrate! Percam todas as esperanças. Estamos todos no inferno."

"

Existirá algo pior que isso? 11 de setembro de 2001, com mais de 3000 mortos em nome de "Deus". Fanatismo e falta de sentido na vida é a mesma coisa... Invasão do Iraque pelos EUA em nome da "democracia, da liberdade e do respeito aos direitos humanos" (sic), com milhares de mortos de ambos os lados. Homens bomba, atentados, todos em nome de algum "Deus".

Tudo isso são apenas variantes do mesmo tema: já que não tenho objetivo nenhum, entrego a vida por alguma coisa que me faça valer, nem que seja depois de morto. E assim nascem o fanático e o mártir. São os movimentos do século XXI que estamos assistindo, os PCC's e homens bombas se explodindo por um ideal – ou falta de ideal – de qualquer espécie. O ponto central é que a vida não vale nada, sendo isso o que diferencia dos estágios anteriores de narcisismo. É o preâmbulo do século XXI, que chamamos de crise de valores, mas o problema é que os valores da preservação da vida (e da natureza!), não estão mais em lugar algum. A intenção que alegam "é explodir com esse mundo podre". Será que não há algo de realmente podre nesta morte narcísica, onde não se vê o outro? Todos estamos corrompidos a serviço desse sistema devorador.

O isolamento (blindagens de todas as espécies, secretárias, anteparos, muros, o medo do outro, do ladrão, do sequestro, do Islã) é a morte de Narciso, que é morto pela imagem idealizada de si mesmo; pelo padrão de vida que julga necessário e que o escraviza; pelos problemas de saúde resultantes do excesso de trabalho que essa idealização exige; é morto quando é substituído por um garoto de 20 e poucos anos, bem formado e que ganha a metade; é morto pelo concorrente que compra a empresa em que trabalha e o demite; é morto por um garoto que deseja seu tênis Nike, sua calça Diesel, seu Rolex, seu laptop e outros ícones de status que carrega; enfim, é morto aprisionado nas paredes estreitas da "caixa forte" que protege seu ego, circundado de coisas brilhantes usadas para lustrá-lo.

A maior de todas as rupturas narcísicas ocorreu na separação entre o homem e a natureza. Hoje esse afastamento chegou a um ponto em que corremos o risco efetivo do colapso. A busca do Paraíso, entendida por alguns como um desejo infantil de retorno ao útero materno, é na realidade um impulso inerente a todo ser humano pela re-ligação com a natureza e o Cosmos de onde fomos afastados coletivamente em tempos imemoriais. Tínhamos uma ligação direta com o "Todo" e por isso não éramos carentes; vivíamos a plenitude. As falas do homem arcaico evidenciam isso claramente. O objetivo da vida era simplesmente viver e apreciar a beleza do mundo. Nossos ancestrais tinham uma visão única a esse respeito que pode ser confirmada pelo estudo comparado dos mitos. Para eles, a consciência não dava ao homem o direito de explorar o mundo e fazer o que quisesse, ao contrário, ela trazia o compromisso de sermos os guardiães da vida e os continuadores da criação, nos colocando de acordo com as leis que regem a natureza e o Universo (SCHWARZ, 1985).

O homem era considerado parte integrante do Todo, mas transformamos a Terra num Inferno, como bem identificou Marcola referindo-se a Dante. Aceitar a realidade presente das coisas e permanecer vivendo no Inferno é resignar-se e abandonar a trajetória no meio do caminho; é fincar os pés no lodo e lá permanecer, achando que é o melhor que se pode conseguir.

Há um sentido em nossa vida, representado pelo retorno ao Paraíso, que é tornar a vida bela e aproveitá-la. Os antigos conheciam esse caminho. Diziam "conhece-te a ti mesmo, e conhecerás os Deuses e o Universo". Encontre seu lugar no mundo, seja você mesmo e chegará à plenitude. Essa posição é o oposto do narcisismo, pois conforme ilustraram Dante na figura de Beatriz, os alquimistas na imagem da cópula (coniunctio) e Platão (1986) em sua reflexão sobre a função de Eros, é necessário o encontro com o outro (interno e externo) para que essa revelação aconteça. Para que a bem-aventurança seja atingida, o homem precisa apenas conseguir ser quem ele nasceu para ser. Estaria assim respeitando sua própria natureza e ocupando o seu lugar no mundo, harmonizado com a Pólis e o Cosmos, ou seja, fazendo o que ele teria de fazer.

Essa busca pela harmonia interna e externa surgiu na Antiguidade com o nome de Epicurismo. É um movimento filosófico que foi alvo de inúmeras críticas e mal entendidos, e mesmo os estóicos foram confundidos com isso. O Epicurismo pregava como busca fundamental na vida o prazer. Mas que prazer? O prazer de viver. O homem ocidental leria como hedonismo (o prazer como um fim em si mesmo), mas o prazer do epicurista só era atingido quando estamos em harmonia com a natureza. Por isso celebravam a união do homem com ela, pregando a chamada vida natural. Viver de acordo com a natureza, interna e externa, micro e macro-cósmica.

No mundo cristianizado isto será demonizado, pois a natureza é erótica e a tradição judaico-cristã tem medo da natureza, pois ela é perigosa; traz à tona o instinto, traz a vida. Essa ideia de que a natureza é nociva ao homem leva ao nascimento de uma pseudo-ideologia: o homem vencendo a natureza, trazendo a civilização a esse "mundo primitivo e selvagem". Agora, ela é o mato que o asfalto invadiu, e o mito do progresso coloca civilização e natureza como antitéticos. Destrói-se então a natureza e só os poetas, que são "loucos", irão cantá-la.

O Paraíso coletivo foi perdido pela corrupção de nosso caráter, quando nos colocamos numa posição de falsa superioridade e passamos a utilizar nosso poder criador de acordo com interesses mesquinhos e egoístas. Um mito dos índios norte-americanos é muito sábio sobre esse aspecto. Para eles o "espírito" industrioso e ardiloso é representado pelo coiote: um belo dia o coiote conseguiu dominar o fogo; no entanto deixou escapar uma fagulha e ele se alastrou à sua volta. Vendo-se numa situação difícil, pediu ajuda a uma velha árvore que estava na sua frente. Ela sugeriu a ele que entrasse num buraco que havia em seu tronco, pois o fogo a queimaria por fora e ele estaria salvo lá dentro. Sem alternativa, o coiote entrou. No entanto, seu pé era grande demais e seus dedos ficaram para fora. Quando o fogo terminou, o coiote saiu da árvore faminto. Olhou para o chão e viu alguns gafanhotos, pegou-os e comeu. Só depois foi perceber que comera os próprios dedos que estavam queimados.

O coiote dos gregos era Prometeu: Depois de trinta séculos de sofrimento, impostos por Zeus como castigo por se recusar a deixar de lado seu delírio de onipotência, o Titã foi libertado por Hércules. Este era um jovem violento e desvairado cheio de defeitos (como todos nós), que depois de um longo e penoso processo de evolução, representado por seus 12 trabalhos, conseguiu tornar-se um herói.

Esses mitos são preciosos, pois a sobrevivência de nossa civilização depende da educação de nosso Prometeu, de nosso Coiote; ou seja, do reconhecimento de que, apesar de termos a capacidade da criação tecnológica, sempre estaremos sujeitos às leis da natureza, assim como o Ego, por mais artifícios que seja capaz de criar, sempre estará sujeito às leis que governam a psique. Precisamos harmonizar nosso poder criador a uma ordem natural superior, na qual estamos inseridos.

Zeus, apesar de tudo, ainda representa o princípio ordenador do Universo. Resta saber se Prometeu – "o pai dos homens e benfeitor da humanidade" (sic) – ainda não perdeu sua arrogância e por isso sofrerá por mais 3 mil anos, ou se conseguiremos realizar os 12 trabalhos de Hércules aprendendo a harmonizar nossa psique e nossas criações com a Natureza e o Cosmos.

CAPÍTULO 3

AS ORELHAS DO REI MIDAS

No Ocidente e no Oriente, da China aos Maias e Incas, da Grécia ao Egito faraônico e às tribos espalhadas pelos quatro cantos do mundo, originalmente, à figura do rei cabia a missão de manter a harmonia entre as pessoas, a natureza e o cosmos. Seu objetivo era conduzir o reino de maneira que a justiça e a paz estivessem sempre presentes, mesmo em épocas de privação. O rei era o mais elevado dos homens, um exemplo de sabedoria, honestidade, dignidade e de retidão. Sua visão era longa, sendo ele responsável pela manutenção da vida e pela sobrevivência das sete gerações seguintes. O entendimento das forças que regiam o cosmos, a natureza e a psique humana, tornava-o semelhante aos deuses e por isso era considerado um representante divino. Era como se o próprio Deus, criador do universo, estivesse se comunicando e conduzindo os assuntos dos homens.

Conforme observou Vernant (2002), quando o rei era justo e equilibrado, tomava decisões acertadas, e por isso havia uma tendência natural para que a paz e a prosperidade desabrochassem em seus domínios. Em compensação, se ele fosse desajustado, tomaria decisões equivocadas e seu reino seria tomado pelas trevas, dando origem a doenças e calamidades. Uma passagem de Confúcio no século V a.C. ilustra bem esse ideal: “Os antigos príncipes, para fazer brilhar as virtudes naturais de todos os homens, aplicavam-se em governar bem seus principados. Para governar bem seus principados, punham antes em ordem suas famílias. Para por em ordem suas famílias, trabalhavam antes em aperfeiçoar a si mesmos. Para tanto, ordenavam antes os movimentos de seus corações. Para ordenar os movimentos de seus corações, tornavam antes sua vontade perfeita. Para tornar sua vontade perfeita, desenvolviam seus conhecimentos ao máximo. Desenvolviam seus conhecimentos escrutinando a natureza das coisas. Uma vez escrutinada a natureza das coisas, os conhecimentos alcançavam seu mais alto grau. Tendo chegado os conhecimentos a seu mais alto grau, a vontade se fazia perfeita. Sendo perfeita a vontade, os movimentos do coração se ordenavam. Ordenados tais movimentos, todo homem está isento de defeitos. Depois de haver corrigido a si mesmo, estabelece-se a ordem na família. Reinando a ordem na família, o principado está bem governado. Estando bem governado o principado, muito em breve todo o reino desfruta a paz" (CONFUCIO em GUENON, 2008, p. 48).

Durante milênios a humanidade foi governada por esses princípios, e o ouro, por ser um metal incorruptível, representava o que havia de mais elevado. Por isso era utilizado para ornamentar figuras de altíssimo valor. No entanto, certa vez houve um rei chamado Midas...

Baco – o deus Dioniso do vinho e do êxtase – deu falta de Sileno, seu pai de coração. É que este, tendo bebido um pouco a mais, perdera-se nos bosques. Foi encontrado por alguns camponeses que o conduziram ao seu rei. Este era Midas que por dez dias lhe ofereceu hospitalidade, até que da bebedeira se recuperasse – tão grande tinha sido. Então levou-o de volta para o deus Dioniso e este, agradecido, ofereceu a Midas a recompensa que desejasse, menos a imortalidade.

O rei, sendo ganancioso, pediu que tudo que tocasse imediatamente se transformasse em ouro, no que imediatamente foi atendido. Dioniso, no entanto, lamentou que não fizesse pedido melhor, mas esta não foi a opinião do rei Midas, que se apressou em por em prática seus poderes. E não acreditou quando tocou um raminho que arrancara de um carvalho e viu transformar-se em ouro. Tentou então com uma pedra e esta imediatamente transformou-se em ouro. Colheu ainda uma maçã; também ela se transformou em ouro. Sua alegria não conhecia limites; tudo que tocava realmente se transformava em ouro.

Dirigiu-se então ao seu palácio e ordenou que servissem magnífico jantar, pois sentia uma fome de leão após tão longa caminhada. Verificou, no entanto, para seu horror, que o pão que tocava enrijecia e em ouro se transformava – aliás tudo assim reagia e até o vinho lhe descia pela garganta como ouro derretido. Ardia e vômitos provocava!

Desesperado, tudo tentou para evitar a transformação de seu magnífico jantar em ouro. Ordenou que os servos o alimentassem para não tocar na comida, mas seus lábios se encarregavam de tudo transformar em ouro. E o desespero aos poucos tomou conta do rei. Agora lutava para livrar-se do dom que tanto desejara, mas era tudo em vão. A morte por inanição era a mais próxima ameaça.

Ergueu então seus braços reluzentes de ouro e implorou a Dioniso que o livrasse daquela maldição; sim, esse dom era agora maldição e não desejo fantástico. Dioniso, em sua infinita bondade atendeu-o, mas impôs a seguinte condição: "Vá até o rio Páctolo e siga a corrente até a fonte que lhe dá origem. Ali mergulha tua cabeça e teu corpo para se purificar de tua ganância. Em seguida entrega tua riqueza aos que dela necessitam de modo justo para que não provoque excessos e cobiças. Finalmente, trata de viver sem excessos, pois este é o caminho da ruína dos egoístas e dos invejosos".

E assim Midas obedeceu e passou a odiar a ganância e os excessos, cultuando o deus Pã, que representava a natureza e a simplicidade – mas não por muito tempo. É que era um rei arrogante e custava a aprender as lições.

Numa outra ocasião, um flautista chamado Tmolo teve a ousadia de comparar sua música com a de Apolo (deus da música e da beleza) e ainda desafiá-lo para uma competição. Apolo aceitou e elegeu Midas como árbitro. Quando Apolo tocou seu instrumento, embalado pelo farfalhar das árvores, Midas entusiasmou-se, mas não percebeu que era Apolo quem tocava e atribuiu a vitória a Tmolo. Apolo não tolerou que Midas tivesse um par de orelhas tão desatentas e estúpidas e achou que não poderiam continuar a ter forma humana. Assim, tornou-as peludas por dentro e por fora, e as fez crescer sem parar até tomarem a forma e o tamanho das orelhas de burro.

E Apolo declarou: "Somente as orelhas de um burro, somente o dono de um par de orelhas de um burro poderia ter realizado este julgamento".

Então o rei Midas caiu em si, sentindo-se mortalmente envergonhado com as orelhas que ganhara do deus Apolo. Passou a escondê-las do modo mais eficiente possível, colocou-as por dentro de um turbante, mas seu cabeleireiro sabia evidentemente do segredo. Apesar das ameaças do rei, ele não resistiu e revelou – quem resiste a guardar tão fascinante segredo?

Fez então o seguinte: Abriu um buraco no chão para o qual contou todo o segredo: "Meu querido buraco, o rei tem orelhas de burro! Mas agora vou tampar-te para que ninguém saiba o segredo." Mas neste buraco cresceu uma touceira de juncos, que logo passaram a contar para todos – sussurrando, que o rei tinha orelhas de burro! E assim faziam toda vez que a brisa soprava.

O simbolismo das orelhas é muito rico. As orelhas exercem uma função vital na nossa comunicação com o mundo circundante, são como radares que nos permitem captar informações para nossa melhor adaptação ao ambiente. No mundo selvagem, por exemplo, o menor ruído pode ser sinal de perigo, por isso, ficar "de orelhas em pé" é estar atento aos detalhes, às mínimas variações do ambiente, como uma gazela alerta aos movimentos de possíveis predadores. Quando estamos com "a pulga atrás da orelha" desconfiamos que algo está sendo tramado. Aqueles que têm percepção apurada são os que têm "bons ouvidos".

As orelhas são fundamentais em nosso processo de aprendizado. Dizem os especialistas que atrasos no desenvolvimento da linguagem, deficiências motoras, de postura, de equilíbrio físico, do movimento dos olhos, a percepção espacial de tamanho, peso, estatura corporal, enfim, tudo isso está ligado ao nosso aparelho auditivo. Até mesmo a sabedoria é atribuída a esse órgão. Como durante milênios o conhecimento foi transmitido por tradições orais, o saber necessariamente esteve vinculado à audição. Exemplo disso é o fato de Buda e Lao-Tsé serem ambos retratados com orelhas exageradas. Na cultura popular costuma-se dizer que "temos duas orelhas e uma boca para ouvirmos o dobro do que falamos". Sábios nunca são falastrões, mas sempre são bons ouvintes.

Era por meio das orelhas que os poetas ouviam a música da lira Apolínea, transmitida por meio das musas, filhas de *Mnemosine* (a Memória do eterno) e Zeus. Era a memória fundamental para a sobrevivência nas tradições orais. Recordemos a crítica do índio sobre a nossa relação de dependência com os papéis. Sem a memória, nossas palavras deixam de ter valor, e perdemos a ética. A memória estava diretamente ligada à Verdade, que em grego se denominava *Aletheia* – o não esquecido. O que não se esquece é o que não perece; é aquilo que teve valor ontem, hoje e que terá amanhã. A memória era, portanto, responsável pelas coisas eternas. Aquele que conseguia captá-las, que tinha "bom ouvido", sabia o passado, o presente e o futuro e por isso era conhecido também como profeta. Os poetas viviam na eternidade, pois, para eles, estar em harmonia com o universo era viver de acordo com as leis imperecíveis, e por isso consideradas divinas. Eram conhecidos como "Mestres da Verdade" (DETIENNE, 1989). O rei governante ou líder que não tivesse essa percepção apurada jamais conseguiria harmonizar seu reino aos ritmos cósmicos da natureza. Quando essa cultura se perdeu, os poetas passaram a ser considerados desajustados, e o mundo caiu na confusão mental que caracteriza nossa época.

As orelhas de burro que Apolo fez surgir em Midas são o símbolo de sua ignorância, da limitação de seu horizonte – resultado da visão focada fundamentalmente no aumento da riqueza. Midas não sabia reconhecer a música harmônica de Apolo (a luz profética). A aurora, auro-hora, ou hora dourada, simbolizava o despertar da consciência. Ou seja, era o cultivar da sabedoria (o ouro filosófico) para poder tomar atitudes acertadas.

Midas era ambicioso e apegado ao luxo e representava a confusão entre o poder gerado pelo enriquecimento e a elevação. Para Midas, a riqueza era uma benção que permitiria atingir o paraíso aqui mesmo na Terra. Representava um estado de graça capaz de superar a condição humana e todos os seus problemas.

Hoje, ser considerado um Midas é um grande elogio. Ter um "toque de ouro" é fazer prosperar tudo aquilo em que se põe a mão; é um sonho, declarado ou inconfesso, de muitos homens de negócios. Alguns são bem sucedidos e começam a despontar como ganhadores de dinheiro ainda jovens. Em inglês são conhecidos como "golden boys".

O professor Vries (1996) da INSEAD, uma das mais prestigiosas escolas de administração da Europa, reconheceu que lideres de empresas são alvos constantes de projeções por serem bem sucedidos em seus intentos e por representarem símbolos de autoridade. Recebem um véu místico e idealizado que os tornam semelhantes a reis. Schumpeter (1982), um dos principais estudiosos a respeito da figura do empreendedor, fez uma observação semelhante:

Segundo ele, o empresário de sucesso funda algo como um "reino privado". Também Weber (2005), em sua obra prima, *Ética protestante e o "espírito" do capitalismo*, apontou esse vínculo entre enriquecimento e elevação.

Em nossa sociedade capitalista, o dinheiro se tornou mais que uma necessidade para sobrevivência e passamos a projetar nele uma espécie de "paraíso terrestre" onde se encontra a solução de todos nossos problemas. Muitos pensadores tiveram essa percepção: "A falta de dinheiro é a raiz de todo o mal" apontou Bernard Shaw. "O dinheiro é a coisa mais importante do mundo. Representa: saúde, força, honra, generosidade e beleza, do mesmo modo que a falta dele representa: doença, fraqueza, desgraça, maldade e fealdade" – confirmou Schopenhauer. "Quando eu era jovem, pensava que o dinheiro era a coisa mais importante do mundo. Hoje, tenho certeza" concluiu Oscar Wilde. Todos nós temos fantasias paradisíacas quando pensamos o que poderíamos fazer se tivéssemos um pouco mais de dinheiro. O que muitas vezes esquecemos é que esse ganho é apenas marginal. Depois que adquirimos um novo patamar e nos acostumamos com ele, esse prazer se esvai. Como bem disse Rousseau (2008, p. 85), "as comodidades perdem com o hábito quase todo o seu deleite e ao mesmo tempo se degeneram em verdadeiras necessidades, de modo que sua privação torna-se mais cruel do que era doce a posse, e as pessoas sentiam-se infelizes de perdê-las sem estarem felizes de possuí-las". O ex-presidente do Federal Reserve, Alan Greenspan, também reconheceu que "em razão da própria psicologia humana, a euforia inicial resultante do aumento do padrão de vida aos poucos se esmaece à medida que o novo-rico se ajusta às melhores condições de vida. O nível em breve passa a ser considerado "normal". Qualquer ganho na satisfação humana é transitório" (GREENSPAN, 2008, p. 261).

Uma pesquisa publicada em 2006 pelo psicólogo Daniel Khaneman, prêmio Nobel de Economia, denominada *Would You Be Happier If You*

Were Richer?, demonstra que a felicidade que atribuímos à riqueza é uma ilusão. Dados levantados em diversos países indicam que, apesar da renda per capita ter crescido consideravelmente nos últimos quarenta anos, o grau de satisfação e felicidade não alterou. Além disso, a pesquisa verificou que, a partir de uma renda familiar (note bem: familiar) anual de US$50.000, ou seja US$4.166 por mês, não se verifica mais correlação entre aumento de renda e felicidade.

Mas a impressão que temos é de que quanto mais nos afastamos da riqueza, mais pobres e desgraçados nos tornamos. Quem é rico está sempre em lugares privilegiados, vive melhor e por isso é invejado. Como só invejamos aquilo que consideramos bom, os ricos são considerados, e se consideram, melhores e superiores. Em contrapartida, os pobres se consideram piores e inferiores. Com isso os ricos ganham também uma coisa muito desejada: o respeito.

Quem é rico manda, quem é pobre, se tem juízo, obedece. Uma propaganda de automóvel de luxo ilustra bem essa questão. Mostra uma escala de valores que começa com um mero – PSIU, depois vai para – VOCÊ – SR. Dr. e finalmente, – SIM, SENHOR. Logo abaixo vem a frase: "QUEM DIRIGE UM... FEZ POR MERECER". Ou seja, quem é pobre é um coitado desprezado; quem é rico e possui objetos de prestígio, tem poder e merece ser respeitado.

Para Midas o dinheiro é a métrica de sucesso. O enriquecimento o faz virtuoso, acima do mundano e, por esse motivo, dedica sua inteligência e um tempo importante da vida à atividade de ganhar dinheiro. Sua vida gira em torno do sucesso nos negócios que o elevam de acordo com o montante das cifras administradas. Seu dia-a-dia é uma competição por ranking de faturamento, de share de mercado, de patrimônio, de rentabilidade etc.

No entanto, a obstinação fez com que Midas acabasse deixando outras coisas em segundo plano. Sua energia psíquica (Eros) dirigida sobretudo à riqueza material, viciou suas relações. O apego aos ícones de riqueza inclinou-o a amar coisas que foram feitas para serem usadas. Esse tipo de atitude adultera o sentido do amor e fez com que ele permanecesse em seu egoísmo, enxergando o outro como fonte de conveniência e uso. Eros costuma se "vingar", ordenando a seus cupidos flecharem desordenadamente, fazendo nascer amores desconcertados, que são fontes de muitos males. Por esse motivo, além do par de orelhas compridas e peludas, Midas foi castigado com o isolamento. A riqueza o afastou, segundo algumas versões do mito, de seu bem mais precioso: sua filha, que ao ser tocada foi também transformada em ouro.

Esta relação "tocada" pelo ouro, quer dizer, contaminada pelo dinheiro, não era uma relação digna de um rei (real, verdadeira, pura). A relação de Midas com sua filha se assemelhava à de Rei Lear com suas filhas – Goneril e Regan – que anunciavam um amor pelo pai maior que qualquer palavra pudesse expressar e recebiam em troca dotes proporcionais às suas declarações fajutas. Lear, assim como Midas, acabou se arrependendo de sua decisão. Só depois notou que Cordélia era quem dizia a verdade, apesar de suas palavras não serem melodiosas e aveludadas como as luvas dos habilidosos puxadores de saco.

Mas Midas parece ter uma consciência velada da contaminação de suas relações. A desconfiança do abandono, caso deixe de ter o que proporcionar à sua "corte", faz com que só o mais tolo cometa o erro primário de Lear de distribuir seu patrimônio em vida. No entanto, Borneman (1976, p. 27) reconhece que o controle da situação muitas vezes escapa de suas mãos: "seu faro para fazer dinheiro é também seu calcanhar de Aquiles, pois ele é a vítima eterna de caçadores de dinheiro mais astutos, pessoas que prometem um tipo de amor que ele entende: dinheiro. Apesar de sua inteligência financeira, ele é presa fácil de trapaceiros, "homens de confiança" e mulheres exploradoras. Todos os seus casamentos terminam em divórcio, e todas as suas mulheres levam com elas uma parte considerável de seu patrimônio.

Quando se trata de simbologia, a psicanálise é imbatível. Em 1908, Freud escreveu o artigo *Caráter e Erotismo Anal* onde expôs suas impressões sobre a conexão entre os hábitos fecais na infância e o interesse pelo dinheiro na fase adulta. Segundo ele, as fezes são nossas primeiras produções autônomas e segurá-las no intestino representa nossas primeiras posses. Os indivíduos apegados ao dinheiro são em geral aqueles que tiveram, numa fase de seu desenvolvimento infantil, uma tendência a prender o intestino, pois, além de sentirem um prazer extra ao defecar, ainda experimentavam uma situação de poder, fazendo cocô quando desejavam e não quando eram mandados. E o que é mais espantoso, esses tipos costumam relatar recordações de terem feito coisas inimagináveis com seus excrementos!

Essa história não é delírio freudiano. Não é por acaso que desde pequenos ganhamos porquinhos para colocar moedas, que os termos "cofrinho", "poupança" e "fundos" estão relacionados às nádegas e que, além disso, no dito popular, quando ficamos milionários "enchemos o cu de dinheiro" e quando perdemos, tomamos uma "naba" ou uma "trolha", termos nada elegantes, mas que relacionam, evidentemente, o dinheiro ao ânus.

Segundo a psicanálise, essas personalidades neuróticas são caracterizadas pela "ilusão infantil de que o dinheiro é todo poderoso, assim como a criança acha que pode fazer o que quiser com suas fezes" (BORENMAN, op. Cit, p. 27). Rejeitam qualquer ordem imposta e esperam que todos sigam suas determinações. São os típicos maridos que negam dinheiro quando suas mulheres pedem e depois oferecem mais do que foi pedido por sua própria vontade. Assim eles mostram quem é que manda. Mostram, mas não mandam, porque estabelecem relações de dependência financeira nas duas partes: elas nada têm sem eles, mas eles, sem dinheiro, não interessam a ninguém.

A tendência ao acúmulo, cujo início pode se perceber na infância, caso se torne permanente, torna-se patológica. "Para Freud, uma pessoa que se ocupe exclusivamente em adquirir e possuir é uma pessoa neurótica, mentalmente doente; segue-se disto que uma sociedade em que a maioria de seus membros exibe o caráter anal é uma sociedade doente" (FROMM 1980, p. 93).

A escola inglesa darwinista, para quem a dinâmica da vida se resume à sobrevivência e reprodução, enxerga a propensão ao acúmulo com mais naturalidade. Ela entende que o dinheiro e os ícones de riqueza são armas instintivas para atrair o sexo oposto e intimidar os indivíduos do mesmo sexo. Como a sociedade capitalista tem uma hierarquia social estabelecida pelo dinheiro, os homens ricos se destacam, passando a ser considerados mais atraentes. As mulheres, na visão darwinista, disputam os homens ricos por estes apresentarem uma habilidade excepcional para garantir a sobrevivência de sua prole. Para tanto, se enfeitam para atrair os bons partidos.

A paixão pela riqueza, segundo os evolucionistas, é também uma luta pela vida, onde os mais abastados passam a ter maior direito à existência. Essa visão, que faz de Midas o mais $exy dos homens, pode ser válida em muitos casos, mas nos parece limitada como teoria. Por um lado não supõe que as mulheres levam outras qualidades em consideração, como gentileza, atenção, afinidade, compreensão, sex-appeal, humor, beleza, inteligência, charme, cultura, entre outras tantas coisas não explicáveis pela razão quando se fala de amor. Por outro lado, não menciona que a riqueza concentrada desperta severas potências contrárias como a inveja e o ódio, que muitas vezes culminam em revoltas que desbancam o poder do dinheiro. Dessa ameaça constante surge a necessidade de blindar carros, casas e fronteiras.

Mas as orelhas implantadas por Apolo, o deus da lucidez e do belo, tem outros sentidos mais sérios que esses. Incapaz de ouvir a harmonia da música apolínea, Midas ignora, ou finge ignorar, os sub-produtos de sua ambiciosa atividade, que são a poluição, o uso insustentável do planeta, a manipulação das mentes pelo marketing, a concorrência desleal, a formação de cartéis, a corrupção, o uso de informação privilegiada, o abuso do poder econômico, a violência ao ser humano por exigir ritmos frenéticos de produtividade etc. Tudo isso disfarçado por uma fachada de benemerência por gerar empregos, impostos e alguns parcos investimentos em instituições socio-ambientais.

A ignorância de Midas não é aquela oposta à inteligência, pois sem um Q.I. acima da média, dificilmente ele conseguiria ter sucesso nos negócios. Sua idiotice é uma espécie de miopia mental que se estabeleceu no Ocidente definitivamente a partir do Renascimento com a mentalidade burguesa relacionando enriquecimento e elevação. Após a industrialização esse vírus espalhou-se rapidamente atingindo o grau de epidemia, até que chegamos ao ponto de colocar em risco as próximas gerações em troca de um padrão de vida insustentável.

O significado do mito não poderia ser mais claro: Midas é o anti-herói no sentido arcaico. Costuma ser respeitado e tido como autoridade em função de sua atitude senhoril. Tem aparência imponente, exibe-se em grande pompa e mora em casa suntuosa. Sua intenção é ser admirado e invejado. Mas apesar de ter uma inteligência incomum para ganhar dinheiro, é uma pessoa limitada e por isso acaba se fechando numa prisão particular, símbolo de seu egocentrismo.

Mas iluminemos a questão por um outro ângulo. Com a paciência do leitor, vejamos um mito oposto ao de Midas, dedicado ao desafio do desapego, que é o 10º trabalho de Héracles: *Os bois de Gerião.*

Os bois eram associados às posses desde a mais remota Antiguidade e a prova do herói era ter esses bois magníficos e não se apoderar deles, bem ao contrário do rei Midas, que como vimos tudo queria transformar em ouro. Estes bois eram raros, com pelos de ouro, sendo o símbolo da terra e da posse material. Os povos arcaicos não tinham a mesma noção de propriedade que se instalou a partir do Império Romano até nossos dias. As posses estavam restritas aos animais, produtos da terra e ao comércio em geral, e não existia a propriedade da terra. Ela era um bem comum, sendo atributo dos governantes distribuí-la, não se devendo concluir a partir desse fato que o regime era "socialista", como alguns autores já sugeriram. Simplesmente a terra era vista como dádiva dos deuses e, portanto, sagrada.

A longa viagem que Héracles empreendeu tinha o significado de que todos deveriam se preparar também para passar ao longo de suas vidas buscando meios para vencer o apego às coisas materiais e educar a cobiça. Os bois deveriam ser sacrificados para a deusa Hera, que representava o casamento, a necessária estabilidade para que um lar pudesse prosperar e os filhos crescerem fortes e sadios. Esta deveria ser a única concessão à busca material e, mesmo assim, deveria ser parcimoniosa, quer dizer, ser conduzida pela busca das posses estritamente necessárias. Vale notar que os filhos não podiam herdar muita coisa de seus pais, uma vez que a lei determinava que os bens de uma casa eram das esposas, para garantir seu sustento numa eventual viuvez ou ainda para a sua velhice.

O próprio Gerião era um poderoso representante dessas forças materiais, pois tinha um corpo formado por nada menos que três troncos. Era a exacerbação da força bruta da matéria e a ausência de qualquer chama espiritual. A tradição hermética ensinava o caminho exatamente oposto: ter um corpo o mais leve possível, transformando-o em energia espiritual ao longo da vida.

Lia-se na *Tábua das Esmeraldas*, atribuída ao deus Hermes, que nosso corpo deveria partir daqui completamente gasto, e bem gasto, transformando sua força material em espiritual. Não deveríamos desperdiçar forças acumulando, pois tudo deixaremos aqui. Nosso corpo teremos de devolver para a deusa da terra, Deméter, cuja Lei determinou que os corpos a ela devolvidos serão usados para fertilizar e preparar o nascimento de outros seres. Nus chegamos e assim partiremos. Até nosso nome devolveremos aos deuses.

Quando iniciou seu retorno, após vencer Gerião e tomar-lhe os bois, encontrou o mais terrível dos gigantes, Anteu (significava aquele que os deuses desafia). Era chamado também de o gigante dos gigantes, desafiando a todos que passavam por seus domínios, destruindo-os, e com seus ossos erguia um templo. Assim se renovava e arrebanhava exércitos de homens para construir cidades e mais cidades. Monstro empreendedor e visionário acabava por matar de exaustão seus homens, partindo então para outros arrebanhar e poder realizar seus loucos sonhos. Acumulava seus ossos, depositando-os na entrada das cidades como um monumento à sua vitória em empreender obras para a glória da matéria. Tirando as forças da terra, ele se renovava e produzia incessantemente, considerando que tudo aqui devia permanecer.

Em sua luta com Anteu, Héracles não conseguia vencê-lo, pois toda vez que o derrubava, reerguia-se com as forças renovadas ao tocar o solo. Foi então que a deusa da sabedoria Atená enviou através de Hermes seu conselho: "As energias de Anteu perdem-se nos ares. Os monstros da terra não suportam a força do espírito." Héracles entendeu a mensagem e, agarrando-o pela cintura, ergueu-o no ar sufocando-o até a morte. E mais uma vez Atená alertou-o: "As construções dos homens não podem custar a vida; devem servir para consolidá-la. De outro modo, servirão apenas para destruí-los. O progresso não pode se opor às leis da natureza".

E realmente vale a pena o sacrifício de tantos e tantos em nome da riqueza e do progresso desvairado? Quantos e quantos materialistas famosos, no seu afã de construírem um império, não destroçaram inúmeras vidas, além da própria? Quantas empresas não divulgam resultados estrondosos ao mesmo tempo em que seus funcionários apresentam síndromes de todos os tipos, sempre relacionadas ao estresse e à cobrança por desempenhos sobre humanos? A Mitologia nos deixou belos exemplos de como, há milhares de anos, já alertavam os homens sobre as consequências de desrespeitar a natureza. Vejamos dois deles.

I • O MITO DO REI ERISICTÃO: PARA NÃO CONSUMIR A NATUREZA E ACABAR DEVORANDO A SI PRÓPRIO

O poeta romano Ovídio, em seu livro *As Metamorfoses*, conta-nos a história desse rei, a quem a deusa da natureza Deméter infligiu o mais terrível dos castigos. Tinha ele um desprezo sacrílego para com os deuses e jamais queimara incenso em seus altares. Um dia ousou profanar com seu machado um bosque sagrado dedicado a deusa Deméter. É que lá existia um imenso carvalho, que por si só já era um bosque e todos os habitantes da região veneravam-no e enfeitavam-no com fitas e guirlandas, como testemunho de sua adoração e gratidão à deusa, por dar aos homens tantos presentes da natureza.

Vale notar aqui que as árvores tinham valor sagrado na Antiguidade, sendo severamente castigado quem ousasse derrubar uma sem motivos importantes. Outra curiosidade refere-se à origem da árvore de Natal em nossa tradição: trata-se do costume arcaico de enfeitar as árvores que não feneciam no inverno, exatamente como relatamos aqui.

Voltando ao mito, Erisictão não se importou e ordenou aos seus servos que derrubassem o carvalho sagrado, proferindo as seguintes palavras: “Quer esta árvore seja cara a Deméter, quer seja ela a própria Deméter, sua copa verdejante logo se espalhará pela terra”. Ditas essas palavras, começou ele mesmo a golpear o carvalho com o machado. Ocorreu então um milagre: de suas feridas começou a correr sangue, o que aterrorizou todos os presentes. Um deles, o único que teve a audácia, tentou impedir a consumação do crime, detendo a mão do rei. Este, por sua vez, disse-lhe: “Toma o prêmio do teu piedoso zelo”. E desferiu-lhe uma machadada, cortando-lhe a cabeça. Redobrou então os golpes contra o carvalho, quando de uma cavidade da árvore saiu uma voz que lhe disse: “Sou uma ninfa cara à Deméter e esta árvore era o meu asilo. Minha voz moribunda anuncia que é eminente o castigo por teus crimes. Tua morte consolará a minha".

Mas a ameaça não deteve seu ardor assassino, que finalmente após muitos golpes e puxões de cordas, derrubou o carvalho sagrado, destruindo em sua queda grande parte do bosque. Indignadas, chorando pela injúria ao bosque e pela morte de sua irmã, as Dríades, ninfas que habitavam os carvalhos, foram de luto pedir a Deméter o justo castigo para o ímpio rei. Deméter determinou então que o rei seria entregue ao suplício da fome eterna. Ordenou aos ventos que levassem a fome (Pênia, em grego) a seu palácio e esta foi direto para seu leito.

Era noite e o rei estava em profundo sono. A fome levou alento à sua boca, sua garganta e suas entranhas. Cumprida a tarefa, abandonou o local, onde reinava a abundância, e retirou-se de volta para o deserto, que era seu antro estéril. O rei, enganado por um sonho, pediu para comer; sua boca abria e fechava sem parar, seus dentes rangiam e sua garganta insaciável devorava manjares da sua imaginação, mas o vazio era o único alimento que encontrava para a voracidade durante o sonho. Ao despertar, sua fome é uma raiva enlouquecida que tudo quer devorar. Ordenou no mesmo instante que o ar, a terra e as águas de seu reino fossem despojados de tudo que possuíam para serem entregues a ele. Os manjares chegavam a sua mesa, que sem cessar os devorava. O que bastaria para alimentar cidades e povos inteiros, para ele não era suficiente. Seu apetite crescia na medida em que devorava os alimentos; enquanto mastigava a carne em sua boca, pedia mais e mais e cada manjar lhe despertava novo e maior desejo.

Finalmente, no fundo de suas entranhas desapareceu seu patrimônio e, depois de ter esgotado todas as suas riquezas, não lhe restou senão uma filha, digna de outro pai. É que todos os servos e habitantes de seu reino tinham-no abandonado, ou morrido de fome, pois o lugar se transformara num deserto. Mas o rei, insaciável em sua fome, vendeu a filha como escrava para poder comprar mais comida. Mas ela, sendo muito amada pelo deus dos mares Posseidon, foi transformada em pescadora e assim salva da escravidão. Voltou para o seu pai então, mas este a vendeu novamente. O deus transformou-a em égua e ela novamente voltou ao palácio. Seu pai novamente tentou vendê-la, mas desta vez o deus Posseidon fez com que partisse e não retornasse mais. Finalmente, Erisictão cada vez mais enlouquecido pela sua fome, começou a devorar suas próprias carnes, até que nada mais dele restasse.

Esse mito encantador quase dispensa explicações quanto ao seu significado. Aquele que destrói e não respeita a natureza acabará devorando a si próprio, já que esta se vinga da devastação que lhe impomos, transformando-se simplesmente num deserto, que a todos extinguirá. Quanto ao evidente caráter oral do mito, podemos acrescentar que Erisictão era um tipo voraz. Sua fúria devoradora, destruidora da vida social, se encaixa perfeitamente na descrição da psicanalista Melanie Klein (1975, p. 25): "a pessoa voraz quer cada vez mais, mesmo à custa de qualquer outra pessoa. Ela realmente não tem consideração nem generosidade com os outros. Não me refiro aqui aos bens materiais mas também ao status e ao prestígio. O indivíduo muito voraz está sujeito a ser ambicioso. [...] Não resta dúvida que a ambição dá ímpeto à realização mas, se ela se torna a principal força propulsora, a cooperação com os outros fica em perigo. A pessoa altamente ambiciosa, apesar de todos seus êxitos, permanece sempre insatisfeita, da mesma forma que o bebê voraz nunca fica satisfeito. Conhecemos bem o tipo da figura pública que, cada vez mais faminto de êxito, nunca parece estar contente com o que alcançou. Uma característica desta atitude – na qual a inveja também desempenha importante papel – é a incapacidade de permitir a outros que se destaquem suficientemente. Podem permitir que desempenhem um papel secundário, enquanto não ameaçarem a supremacia da pessoa ambiciosa. Verificamos igualmente que tais pessoas não conseguem e não estão dispostas a estimular nem a encorajar pessoas mais jovens, porque algumas delas poderiam tornar-se seus sucessores. [...] O rival não é apenas encarado como aquele que roubou e privou alguém de sua posição ou posses, mas também como o possuidor de valiosas qualidades que incitam a inveja e o desejo de destruí-las". Essas características encontramos frequentemente em homens que pousam em revistas de negócios. Nessas matérias vemos gráficos ilustrativos de desempenho quase sempre ascendentes, mostrando como são capazes de expandir seus domínios. Quanto às relações humanas e à sustentabilidade de suas atividades, é uma preocupação que vemos começar a surgir, ainda que de forma insuficiente. O planeta tem demonstrado sinais evidentes de esgotamento, mas o faturamento, o lucro, a produção e o incentivo ao consumo, ainda são prioridades em suas agendas.

II • OS ESTÁBULOS DE AUGÍAS. (ESTE MITO FICOU CONHECIDO COMO O 5º TRABALHO DE HÉRACLES)

Augías era rei da Élide e possuía inúmeros rebanhos, presente de seu pai Hélios, o deus sol dos gregos. Segundo Apolodoro de Atenas, autor da Grécia antiga, este rei foi o primeiro a adubar suas terras para torná-las mais produtivas, mas sendo a Élide um país naturalmente fértil, o excesso de esterco acabou por esterilizá-las. Assim, seus estábulos não eram limpos há anos, pois não sabia onde pôr o esterco.

Tendo Héracles a ele se apresentado, propôs-lhe limpar o esterco de seus estábulos num único dia se o rei concordasse em dar-lhe a décima parte de seus rebanhos. Augías, que não acreditava que conseguisse tal feito, concordou, e Heracles tomou Fileu, filho do rei, como testemunha. Derrubou então um muro dos estábulos, desviou os rios Alfeu e Peneu, que corriam próximos, e fê-los passar através dos estábulos, limpando-os assim. Quando Heracles reclamou sua paga, o rei negou que tivesse feito a promessa de dar-lhe a décima parte de seus rebanhos e ainda ofereceu-se para levar o caso aos tribunais. Héracles invocou inutilmente o testemunho de Fileu, que não hesitou em confirmar as suas palavras, mas Augías ordenou a ambos que abandonassem imediatamente o país. O herói não tardou em retornar à frente de um exército, mas tendo caído enfermo suas forças foram derrotadas. Organizou então uma segunda expedição, e desta vez Augías encontrou a morte, sendo Fileu declarado rei de Élide no lugar de seu pai.

O esterco já é nosso conhecido. Está ligado ao dinheiro e à ganância. Mas nesse mito podemos acrescentar o desrespeito aos ciclos da terra e dos ritos lustrais. O excesso de esterco está relacionado com os ciclos da terra e à justa medida para a sua utilização. O primeiro desafio era limpar, num só dia, o esterco acumulado há anos indevidamente. Representava um trabalho civilizador e, sem os ritos lustrais e o respeito ao meio ambiente, não poderia haver civilização duradoura. A corrente impetuosa do rio varreu o esterco acumulado há anos, ou seja, o homem devia encontrar os meios de limpar o esterco acumulado dentro e fora de si há muito tempo. Teria de "pôr para fora", o que em grego se chamava *katarsis*. A palavra *catarse*, que significa "limpeza da sujeira", daí derivou. Mas este conhecimento de si e da natureza exigia o enfrentar e limpar o próprio esterco, pondo para fora a "sujeira". E, se estava acumulado há anos, devia ser limpo num só dia. Por outras palavras, era necessário que eliminasse mais depressa do que acumulasse, e que fosse rápido e decisivo o processo. Não bastava manter o corpo limpo, a psique também teria de ser regularmente limpa, e mais, esta higiene deveria ser praticada com a natureza. Era necessário uma entrega total, nada de limpezas parciais ou morosas, caso contrário, mais esterco se acumularia do que seria retirado.

Augías é uma adaptação latina do grego *av* e *gias*, que queria dizer: *av* – ir em direção ao sagrado – e gias, da deusa da terra Gaia e é também um derivativo de *Higeia* (saúde e higiene). Do período arcaico até alguns séculos antes de nossa era não havia separação entre os conceitos de higiene e saúde – uma coisa era a consequência da outra. Somente na Idade Média é que ocorreu a separação, refletindo a decadência com estes cuidados que, só muito recentemente, foram gradativamente recuperados. Finalmente, não é mais possível desprezar as consequências ambientais provocadas pela sujeira e poluição que o homem vem provocando no planeta. Como agravante, a formação do jovem enfatiza o "vencer ou vencer", que acaba por estimular a exploração e o consumo desvairado dos recursos naturais e das pessoas em geral – sendo esta a melhor expressão de nossa sujeira interna.

Augías é a história de um rei que não respeitava esses princípios, e seu nome era uma ironia, ou seja, aquele que foi batizado com um nome que deveria consagrar o ambiente, a higiene e a saúde, justamente as desrespeitou. Esse trabalho de Hércules significava o castigo que devia ser aplicado a alguém que não só desobedeceu a seus desígnios, mas corrompeu os princípios fundamentais da civilidade e, em nome de sua ganância, quis retirar mais e mais proveito da terra e do ambiente, para prejuízo dos demais e buscando somente o benefício próprio.

O mito ensina que não se pode exigir da terra o que ela não poderia dar. Adubá-la em excesso (o esterco acumulado) não produziria mais frutos, ao contrário, acabaria por esterilizá-la. Trata-se de aprender a conter a ganância com a justa medida no uso dos recursos do meio ambiente. É nossa sujeira interna (ganância, cobiça e desrespeito à vida) que resulta na sujeira externa, ou seja, o lixo, a poluição e a destruição da natureza. Em poucas palavras: tudo aquilo que o homem produzisse e estivesse de acordo com as Leis do Universo traria boa fortuna a ele e à humanidade. Toda conduta que contrariasse essa ordem conduziria necessariamente à perda e ao infortúnio.

CAPÍTULO 4

O MAL ESTAR DA CIVILIZAÇÃO PROMETEICA (TRABALHO) DO SÉCULO XXI

Temos uma falsa ideia de progresso e achamos que qualquer coisa moderna é melhor, vale mais, e tendemos a uma espécie de desprezo a tudo que é antigo, sendo essa a mentalidade positivista de "Ordem e Progresso", a marca do século XIX em diante. Machado de Assis captou e criticou essa ideia moderna cientificista em sua obra *O Alienista*. Trata-se de uma postura que tende a esquecer de que certas coisas, independentemente do espaço e do tempo em que se originaram, podem ser melhores ou piores; e podem evidentemente fazer parte de uma presença constante, e de algo que não se altera, principalmente quando pensamos na natureza humana.

Deparamo-nos com algo fundamental do homem, que não se transforma ao longo dos milênios, e que se refere tanto à sua natureza e seus anseios, quanto à sua busca.

Nossa expectativa sobre o progresso é de que deveria estar a serviço do homem para conquistarmos estabilidade, paz de espírito, um mínimo de segurança e aquilo que sempre almejamos – o sentimento de liberdade e de respeito que todos merecem, não importando a crença, a cor ou a origem. O que mais se almeja é o direito de ser respeitado na sua natureza e essência, não importando nossas crenças, desde que isso não coloque o outro em risco ou em sacrifício – e é exatamente isso que se vê ameaçado.

Mas a civilidade funda-se na possibilidade de convivermos em paz, o que nunca será possível se inexiste respeito ao direito de ir e vir, se a segurança fundamental não está garantida, e se nossos anseios e necessidades não encontram uma porta para que possamos realizá-los. Todos, com suas preferências, almejam constituir família, ter um mínimo de segurança para seus filhos e vislumbrar um futuro para eles e para si mesmos.

É uma ironia que com toda a nossa tecnologia, indo a Marte e além, com foguetes rapidíssimos, fracassamos nisso. Este é o progresso, mas, se há um progresso, ele deveria dar melhores condições ao homem e à vida, e isto não mudará jamais. Ninguém suporta viver assim e aqui não há, nem pode haver, relativismo de valores: o sentimento de insegurança, de ameaça, de rejeição – talvez a dor maior que um ser humano sinta – daqui a 10.000 anos será igual, como era há 10.000 anos.

Há coisas que não se medem pelo progresso; são valores eternos e isso se chama Ética, diferente de moral, pois esta se refere aos costumes. A Ética refere-se a um estado de alma onde o direito natural cósmico – parafraseando Sófocles, em sua peça Antígona, escrita há 2.500 anos – de nascer, viver e morrer com dignidade e honra, devem permanecer intocáveis, e isso vale para quem quer que seja. Este valor não mudará nunca; para qualquer pessoa esse direito deveria ser universal e intocável. Não varia no tempo nem no espaço o direito nascer, viver e morrer e ter a dignidade preservada; e isso significa integridade física, psíquica e espiritual. Podemos perceber que esta é a primeira ameaça que sentimos no mundo de hoje, seja pela negação do direito de ser homem ou mulher, de se ter uma crença X ou Y, de se ter uma cor, qualquer que seja, e assim por diante.

Onde nasce a intolerância, nasce evidentemente como consequência a ameaça a esse direito. Quando falamos da natureza humana, transcendemos as discussões filosóficas ou psicológicas; temos de abarcar o plano da existência, e esse plano não conhece progresso, pois é eterno. Não há de surgir jamais uma civilização onde os homens aceitem serem rejeitados, massacrados ou desrespeitados; isso não acontecerá nunca, pois haverão de se rebelar ou serão reduzidos a uma escravidão miserável. A ideia de ser humano, de humanidade, não pode prescindir desses valores, em qualquer época, em qualquer cultura.

Talvez o melhor exemplo seja a Grécia arcaica, onde se construiu, com relativo sucesso, um estado do homem para o homem, como escreveu Nietzsche. Os estados modernos não são do homem para o homem. São estados para a economia, para a produção e o trabalho, na ilusão de que uma economia competente e eficiente tornará o homem feliz.

Trata-se de uma ingênua falácia; jamais a economia trouxe a felicidade. Claro que a miséria também não traz, não há dúvida, mas não é a riqueza que proporciona uma vida plena. Temos tantos exemplos onde a situação econômica bem sucedida traz desastres sobre desastres; vejam os Estados

Unidos. Não se conhece país mais rico economicamente, tendo trinta por cento de seus cidadãos obesos e com problemas de colesterol.

A sociedade mais avançada tecnologicamente é campeã mundial de AIDS, de enfartes e de câncer, proporcionalmente para cada cem mil habitantes. Que civilização é esta, que conquistou uma tecnologia fantástica e espalhou doenças pelo mundo, sendo ela própria a maior vítima? Mas trata-se aqui de uma doença de caráter espiritual. Os EUA são campeões das doenças de estresse e das síndromes de pânico; é a moda nos consultórios americanos, aliás, em várias metrópoles do planeta também. O indivíduo trabalha como um louco e está muito bem de vida, mas tem pânico da vida, tem crises de pavor, agorafobia, não consegue sair na rua e outras coisas mais...

O que será que está acontecendo com a natureza humana? Ela está sendo agredida a tal ponto que não consegue mais o mínimo de realização. E, quando retrocedemos no tempo, vemos na história da Antiguidade que houve uma época onde a reflexão sobre o homem procurou desvendar essas questões, ou seja, estudou a natureza humana, tentou compreendê-la em sua essência, e tentou construir uma civilização em função dela e não contra ela.

As escolas de iniciação eram uma busca muito concreta da existência, para tentar abrir as portas para esse mistério que é o ser humano e a vida – e com muita alegria, diga-se de passagem.

Esquecemos que foram os egípcios que inventaram a cerveja, não os alemães; inventaram o sorvete também. Era um povo extremamente festivo e alegre, onde o ócio era considerado uma atividade essencial para a alegria da existência – só que não podemos entendê-lo como o concebemos hoje.

O ócio, infelizmente, ganhou na modernidade uma conotação de vagabundagem, de "encher a cara", de se largar, e frequentemente isso é verdade. Não que não possa fazer parte da vida esse tipo de alegria; o problema é que o homem moderno foi meramente educado para trabalhar como um escravo. Com seu tempo livre ninguém lhe ensinou o que fazer – da mesma maneira age um cachorrinho quando fica preso na coleira o dia inteiro e depois é solto, ficando ensandecido, correndo e quebrando tudo.

O ser humano não é diferente e, se ele passa o dia no cabresto, quando se solta não sabe o que fazer com sua liberdade, com seu tempo livre. Ou arranja um vício para passar o tempo, que vai desde a televisão, para pensar menos do que já o faz, até comer, beber, drogar-se, bagunçar etc.

A escravidão moderna é muito esperta; o estado e as empresas conseguiram educar o homem de modo que ele fique feliz em ser escravo e se ache livre ao mesmo tempo. Mas como é que ele se tornou escravo? Acreditando que a felicidade pode ser comprada e trabalhando como um louco para obtê-la, gastando mais do que ganha. Existe escravidão maior do que estar sempre endividado, onde não se faz outra coisa no fim do mês a não ser correr atrás de contas, cheques, cartões de crédito, pagar prestações etc.? A crise sistêmica que vimos ocorrer em 2008, mostrou a fragilidade e a ilusão em que está sustentado o nosso modo de vida contemporâneo.

O consumismo é uma escravidão muito conveniente, porque assim o homem não tem tempo para pensar em outra coisa, a não ser em comprar mais e mais coisas (na grande maioria, supérfluas), e trabalhar em dobro para pagar. E assim ele não consegue pensar por conta própria, não consegue ter a liberdade criadora, afinal de contas está muito ocupado e, para se distrair, vê a novela das oito, programas de auditório, Big Brother etc... Isso aumenta sua lucidez e melhora sua condição existencial de um modo extraordinário... (sic).

A sociedade de consumo, na realidade, é o melhor truque que o estado moderno e as empresas criaram para escravizar o homem, em busca de ideais que chamamos de quiméricos. E porque são quiméricos? Vejamos o que conta esse mito:

A QUIMERA E BELEROFONTE

É um mito que levanta duas questões: pode o homem voar sempre mais alto? E de que modo poderá fazê-lo? A Quimera representava na Antiguidade os terríveis monstros que podemos encontrar quando voamos muito alto em busca do desconhecido. O herói Belerofonte foi encarregado de matá-la. Para tanto domou o cavalo alado Pégasus, nele montou e ao invés de utilizar armas de ferro ou de bronze fabricou uma lança de chumbo para combatê-la, pois sabia que ela deitava fogo pelas ventas. Quando dela se aproximou, jogou-lhe a lança e esta imediatamente derreteu sobre ela quando lançou suas chamas. Como resultado, o chumbo derretido caiu sobre seu corpo ferindo-a mortalmente. Belerofonte gabou-se de sua vitória e achou que seria capaz de voar ainda mais alto. Fez então com que Pégasus alçasse voo em direção ao Olimpo, mas quando se aproximou o grande Zeus fulminou-o com seu raio dizendo: "Não é assim que chegará aos céus".

Aqui temos o alerta dos deuses para os homens por demais ambiciosos; não é pelo caminho do conhecimento racional e pela ambição desvairada que se alcança o divino, mas pela iniciação e pela espiritualidade. E, realmente, buscar "ideais quiméricos" há muito tempo representa o tolo e insano esforço de buscarmos ideais altos demais, que até podemos alcançar, mas que custarão nossa alegria de viver. A verdade é que nunca alcançaremos os céus dos deuses por mais poderosos que sejam nossos cavalos, ou foguetes, diríamos hoje.

Nunca é demais relembrar o que a história nos deixou como lições: veja-se para tanto a França esfacelada pelos ideais quiméricos de Napoleão Bonaparte ou a Alemanha do período nazista. No plano individual a história não é diferente, pois quantos e quantos homens não sacrificam sua vida e sua saúde para poder conquistar mais e mais status e objetos de consumo. E é muito tarde quando percebem que a vida passou e que se esqueceram de vivê-la.

Vemos neste mito porque nunca estamos satisfeitos. Tem-se um automóvel X; é preciso trabalhar mais para pagar o consórcio e ter um Y, que é um pouco melhor; depois queremos ir para o Z. A moral da história é que passamos a vida comprando carros cada vez melhores – e mais supérfluos – ou casas, ou empresas, ou viagens, ou quaisquer outros objetos de consumo – para finalmente morrermos numa U.T.I. de luxo. Esses exemplos apenas mostram como o homem do século XXI é um homem escravizado. Na verdade, é por isso que os consultórios estão cheios, uma vez que esse modo de viver agastante e ganancioso, de querer sempre ter mais e mais, acaba escravizando o indivíduo, nesse afã interminável de conquistar objetos. O ser humano não sabe mais dar o basta, mas somente quando aprender é que nascerá a possibilidade de se tornar realmente livre e realizar uma vida plena.

Como Jean Cocteau escreveu em *Les enfants terribles*, "serás o mais feliz dos mortais se puderes tornar-te milionário do tempo, não do dinheiro;

terás a moeda mais preciosa que existe, pois é a única que se esvai pelos anos e não volta jamais. Trata de ganhar tempo para gastar, não dinheiro".

SOBRE A SAÚDE E O TRABALHO

Muitos procuram compensar o ritmo insano do dia-a-dia com práticas "naturebas", mas isso pouco ajuda se não é praticado o fundamental: viver com serenidade e harmonia. De nada adianta ser vegetariano, não beber, não fumar, dormir cedo etc. Quando o cotidiano é desgastante pelo excesso de trabalho, pela pressa e pela ansiedade de se fazer mais e mais coisas, para poder mais rapidamente vencer na vida; o resultado é nefasto e catastrófico do mesmo modo. Além disso, a prática destes costumes naturistas, importados do Oriente, quase sempre é utilizada pelo homem ocidental para exacerbar seu espírito narcisista. Isto quer dizer que ele se preocupa com sua saúde física – e raramente com sua harmonia – apenas com o intuito de prolongar a vida e fugir do envelhecimento.

Na verdade, não há a menor preocupação em viver bem e de acordo consigo próprio e, menos ainda, com a necessidade fundamental de levar sua vida com aquilo que os antigos chamavam de erotismo, ou seja, viver com prazer e apaixonadamente. Na modernidade variamos entre dois extremos: ou praticamos um hedonismo desvairado (a busca do prazer como um fim em si mesmo e a qualquer custo) ou um naturismo igualmente desvairado, onde eliminamos a arte de viver e sua beleza, em nome de um estilo de vida sem prazer algum e sem paixão. Como são chatos e sem graça os "naturebas"... Só sabem falar de como comer melhor e se exercitar melhor, enfim, como se conservar melhor. Porque não passam o resto de suas vidas imersos numa banheira de formol? Assim poderiam se conservar para a eternidade... (sic)

É sempre oportuna uma breve descrição das leis dos deuses gregos da saúde e da higiene – Asklépios e Higeia:

1 • A vida foi feita para ser gasta, pois ela é destinada ao uso; gaste-a, mas gaste-a bem, de acordo com suas possibilidades e limites.

2 • Vive mal e sem saúde quem não sabe gastar bem a vida. A vida deve ser gasta com harmonia e com ritmo, próprios de cada um; trate de descobrir e respeitar suas harmonias e ritmos, pois são únicos para cada ser vivo.

3 • A lei da vida é evoluir – e não se preservar; quem se preserva demais não vive. Está morto em vida e só ele não sabe disso.

4 • A chave da saúde não está em dominar a morte, mas em gastar bem a vida.

5 • Não serve para viver quem não aprendeu a morrer. Os que passam a vida buscando meios para afugentar a morte não têm tempo para viver.

6 • A vida é destinada ao uso; deve-se partir daqui com o corpo e a mente completamente gastos e transformados em obras criadoras.

7 • As dádivas de seu corpo e os talentos de seu espírito foram concedidos pelos deuses para o uso.

8 • Transforme-os em energia criadora, pois a única forma de evoluir é metamorfoseando o corpo e os talentos em criação e paixão de viver.

Percebemos agora um novo e ao mesmo tempo arcaico conceito de saúde e trabalho. Primeiramente, não há doenças, mas doentes. A perturbação da saúde está intimamente ligada ao modo de vida de cada um.

Os conceitos de harmonia, ritmo e limite, eram vistos como fundamentais para a saúde física e mental; na verdade são os determinantes e não os coadjuvantes dessa difícil arte de viver bem e com saúde. Temos de confessar que não tivemos esta educação e a ciência revela-se inútil para a consolidação deste aprendizado; sentimo-nos verdadeiros homens das cavernas, ao depararmo-nos diante de tal sabedoria e descobrirmos que o modo de vida do homem moderno, com toda a sua pressa, farmácia, tecnologia e mesmo as medicinas alternativas, são inúteis para encontrar a fórmula da harmonia para se viver.

O que se ensina na modernidade é o desvario da velocidade; quanto mais depressa, melhor. Mas, como vemos, isto tem um custo irreparável para a saúde. O grande problema está na ganância e na busca de ideais "quiméricos", que só alimentam nosso narcisismo e um ego inflado por uma mania de grandeza, que custará a saúde e a própria vida frequentemente. Não queremos aceitar que nosso modo de vida, decorrente destes ideais absurdos e megalomaníacos, é o responsável pelas nossas próprias doenças; somos nossos maiores inimigos, e raramente obedecemos aos sinais e alertas de nossa intuição. Não é demais repetir que a saúde consiste num despertar para si próprio e para a verdade. Só que isto exige coragem e a aceitação de termos potenciais e limites ao mesmo tempo.

O TRABALHO QUE ESCRAVIZA – "DOULEIA" E O TRABALHO CRIADOR QUE LIBERTA – "ERGA"

Na Antiguidade grega, obviamente, tinham também de trabalhar para prover o seu sustento e a isso davam o nome de *Douleia*. A outra forma de trabalho era chamada de *Erga* (daí originaram-se em nossa língua termos como demiurgia, demiurgo, ergonomia, ergonometria, erguer etc.). Mas qual era a diferença entre as duas formas? *Douleia* era o trabalho voltado à sobrevivência; diziam mesmo que era o tributo que pagamos aqui na Terra, pelo fato de sermos mortais.

Faziam parte também desse tipo de trabalho as tarefas inadiáveis de nossa condição mortal – como cuidar da higiene e da saúde, da família etc. São as coisas que, goste-se ou não, têm de ser feitas; inclusive a alimentação era colocada nesse plano, pois era vista como uma necessidade da vida e havia coisas que era necessário comer, porque eram fundamentais para a saúde.

A outra forma de trabalho – *Erga* – estava ligada ao que chamavam de ócio criador, pois indicava qualquer trabalho voltado à criação e não à necessidade de sobrevivência. Era um trabalho que não visava ao lucro, mas a satisfação de imitar os deuses; ou seja, era considerada a única maneira de se aproximar do divino – imitando-o. Claro que não se tratava de qualquer criação, mas daquela que promovia a vida e não a destruição. Enfim, referia-se às possibilidades que pudessem fazer do homem um cúmplice dos deuses.

Isto somente poderia ser conquistado a partir dos talentos de cada um e qualquer forma de criação teria valor desde que deles partisse e desde que voltada para a consolidação e recriação da vida, não para a sua destruição. Vemos aqui a importância do ócio, uma vez que implicava descoberta, libertação e uso dos talentos e possibilidades de cada um. Note-se ainda que as descobertas obtidas pelo ócio também tinham grande valor no trabalho chamado de *Douleia*, porque os talentos eram para aí transpostos, ou seja, permitiam que o indivíduo transformasse sua rotina do cotidiano num desafio para a criatividade e a inovação. Era a monotonia repetitiva do dia a dia que podia agora ser metamorfoseada em novas possibilidades. Vale, no entanto, insistir que isso somente seria possível se a primeira criação (ou re-criação) fosse o próprio indivíduo. Diziam os mestres que todo e qualquer talento – e ato consequente – de cada um, deveria se transformar em obras de arte.

Isso requeria ócio porque exigia tempo e nunca se criou uma obra de arte com pressa. O grande desafio seria transformar qualquer ato do cotidiano em obra de arte, não correndo assim o risco de se cair na rotina e no tédio. Muitos dirão que esta forma de viver não dá lucro e não possibilita ganhar cada vez mais dinheiro; mas possibilita, isto sim, ganhar tempo, muito tempo e um prazer inigualável de se viver criando e recriando a si próprio.

A esse processo os antigos também chamavam da "arte da metamorfose". Era o processo de transformação e evolução pessoal que deveria dirigir a vida de cada um. Claro que ninguém pode se recriar e evoluir com pressa, pois sabemos muito bem que todos os atos apressados resultam ou num automatismo exacerbado (que nos dá a sensação de as coisas acontecerem à nossa revelia) ou num atropelo que acaba gerando ansiedade, estresse e erros. Claro que estamos falando aqui do modo de vida moderno, onde o ser se sacrifica para obter mais e mais conquistas materiais.

Mas são poucos os que se dão conta de que isso lhes custa não só a saúde, mas principalmente brinda-os com uma vida vazia e sem sentido. Como dizia o ditado chinês: "O que você levará desta vida é a vida que você levou". E completamos: que espécie de vida levam os apressados, buscando cada vez mais e mais?

Aos nossos olhos, esses povos que procuravam celebrar o trabalho criador (que chamamos de *Erga*) parecem-nos preguiçosos e até vagabundos. Mas a verdade é que eles não se preocupavam em se tornar milionários do dinheiro, mas sim, milionários do tempo. Celebravam acima de tudo o prazer de viver de forma criadora. Hoje o prazer de viver resume-se em ganhar dinheiro, mas ironicamente nunca se tem tempo para gastar; e quando o fazemos é de forma atabalhoada, desvairada ou apressada. Queremos aproveitar de modo atropelado tudo que uma viagem ou um tempo de ócio pode nos oferecer e nessa pressa novamente trabalhamos demais, corremos demais, comemos e bebemos em excesso, enfim queremos ter prazer com pressa. São irônicos, se não tristes, os congestionamentos que tantos enfrentam nos finais de semana na ilusão de aproveitar algum feriado. Saem correndo para descansar, voltam correndo para trabalhar e no meio disso tudo as filas intermináveis dos cinemas, dos supermercados, dos restaurantes, das estradas e aeroportos. As festividades de Natal, Ano novo, Páscoa e outros feriados prolongados são exemplares. O desvario é total e, no dia seguinte, mal se lembram do que fizeram.

Lancemos uma breve descrição sobre a festividade da passagem do ano, como era celebrada no antigo Egito. Essa cerimônia era chamada do renascimento da Fênix. Tratava-se do mito de um pássaro maravilhoso que vinha a Tebas, a cidade do Sol nessa ocasião. Ela deveria morrer pelo fogo que ateava a si própria e, a seguir, renasceria das próprias cinzas. Esse ritual durava cinco dias. E cada um era consagrado a uma divindade.

Todos deveriam imitar o renascer das cinzas do Fênix e isso significava renascer através de si próprio, o que era simbolizado no fato do Fênix renascer de seu próprio esperma, uma vez que ele não punha ovos. Esta metáfora é muito importante porque o ovo simbolizava o renascer através dos filhos, o que todos nós fazemos, mas aqui a questão é outra. Tratava-se da obrigação de cada um de recriar (ou renascer) a si próprio, num processo evolutivo que era chamado de, como já dissemos, metamorfose. Por outras palavras, neste cerimonial refletia-se sobre tudo o que ocorrera no ano que findava e preparava-se para a entrada do ano novo, com novas possibilidades de evolução e novos projetos.

A questão é muito clara aqui: é preciso, para evoluir, renascer das próprias cinzas e não através dos filhos. E este renascer significa que devemos ser capazes de recriarmo-nos, mesmo quando somente cinzas restarem. É claro que procuramos renascer sempre a partir daquilo que plantamos ao longo de nossa vida, mas mesmo quando nos parece que nada restou devemos ser capazes de fazê-lo. O verdadeiro homem é aquele que, mesmo tendo perdido tudo, é capaz de renascer e recriar-se a partir de suas próprias cinzas, porque elas também representam nosso ser essencial e espiritual – as cinzas são indestrutíveis. Obviamente, aquele que baseou sua vida somente no trabalho (*Douleia*) e na busca de bens materiais, se por alguma desgraça perdê-los, nem cinzas terá para renascer. Já aquele que construiu sua vida com o esforço criador, que chamamos de *Erga*, terá muitas "cinzas" para recomeçar.

É muito triste o fim de um individuo que passou a vida acumulando bens. Não levará nada e pior, estará apegado a eles no final da vida achando que isso é tudo que a vida lhe proporcionou. Partirá daqui vazio. Pior ainda será se por acaso perdê-los; viverá vazio aqui mesmo. É o mesmo fim que está destinado aos narcisistas; quanto mais a morte se aproxima, mais aterrorizados ficam.

Nas tradições antigas, o renascer das próprias cinzas era a cerimônia do Ano Novo por excelência. Reuniam-se com os mestres para trocar experiências e repensar sua existência com a finalidade de preparar a nova metamorfose. Esta palavra derivou do grego *Metamorfé* e queria dizer "A forma que evolui". Claro que a palavra forma não tem o significado moderno que lhe atribuímos, de configuração exterior. Ela se referia tanto ao interior quanto ao exterior e indicava o estado provisório de aperfeiçoamento que cada ser se encontrava. Esse critério de aperfeiçoamento era governado pelos três princípios sagrados das antigas tradições gregas e egípcias: a nobreza, a beleza e a bondade.

Por outras palavras, essa metamorfose tinha por objetivo repensar o quanto de nobre, bom e belo cada um pôde cultivar no ano que passou. E também o quanto deverá se dedicar no ano que ora se inicia, para atingir um patamar mais elevado em sua vida onde o nobre, o bom e o belo predominem cada vez mais.

Este é mais um dos aspectos fundamentais do ócio voltado ao trabalho criador *Erga*. Tinha a finalidade de recriar o individuo porque ele era visto como uma obra de arte em potencial. Não existia o individuo medíocre ou o excepcional; qualquer um poderia construir a excepcionalidade ou a mediocridade em si mesmo, pois era total a responsabilidade de cada um para elevar-se ou decair. Claro que a excelência era árdua conquista pessoal. Cabia a cada um tornar cada ato de sua vida numa obra de arte. Isso significava o desafio de unir *Erga* e *Douleia*, ou seja, não aceitar a mediocridade no trabalho cotidiano necessário para a sobrevivência, mas recriar a rotina, que deveria ser celebrada por uma transformação criadora.

O CAMINHO DE HERMES PARA A METAMORFOSE

Os antigos chamavam de *Iniciação* ao processo pelo qual se poderia conquistar o conhecimento de si mesmo, dos outros e o sentido cósmico de sua existência. Para percorrer esse processo era necessário trilhar "o caminho de Hermes". Este nada mais era do que a arte de adentrar em si próprio, ter a coragem de descer até as profundezas do mais íntimo do ser, e a arte de elevar-se ao máximo que os nossos potenciais e talentos poderiam alcançar, fazendo-nos assim evoluir nesta existência.

É por isso que esse deus era cognominado de *Psicopompo*; queria dizer aquele que conduzia o psiquismo nestes caminhos. Era representado com asas na cabeça e asas nos pés, porque as primeiras simbolizavam para onde deveríamos buscar elevação, ou seja, em direção ao divino. Já as outras indicavam que deveríamos ter a coragem para descer ao mundano, ao cotidiano, e às profundezas de nosso íntimo para que esse conhecimento e sabedoria pudessem se consolidar. Mais ainda, as asas nos pés queriam dizer que ninguém poderia evoluir se não perdesse a arrogância e a prepotência e não aprendesse a ser humilde consigo e com os outros. Aqui estaria a verdadeira sabedoria, não nas alturas de um conhecimento sofisticado e erudito como tantos pretendem. Lemos no famoso livro *A Tábua das Esmeraldas* o aforismo atribuído a Hermes Trimegistos: "Quem não souber descer, jamais servirá para subir."

Outra questão fundamental para o ócio voltado à iniciação estava ligada ao significado da pirâmide e à prática do que ela simbolizava. Tratava-se aqui de uma chave iniciática da maior importância da tradição arcaica egípcia e grega, pois ela representava um caminho, o único possível, proposto aos homens que quisessem alcançar a sabedoria e evoluir em sua alma.

A base da pirâmide tem quatro lados e simboliza os quatros elementos constitutivos da matéria e do psiquismo. São eles a terra, o ar, o fogo e água. Já os seus lados são triangulares e representam os três elementos da espiritualidade para onde a matéria e o psiquismo deveriam se conduzir. São eles: a nobreza a beleza e a bondade. Por outras palavras, o caminho da *Psiquê* (a união do corpo e da psique para os antigos), era transformar-se ao longo desta e de outras vidas, paulatinamente, em nobreza, beleza e bondade. Quando toda a sua forma material e psíquica estivesse assim convertida, teriam alcançado a espiritualidade pura, ou seja, a imortalidade, e não precisaria retornar mais para uma vida mortal. Encontramos aqui os fundamentos da Astrologia arcaica e vemos que, longe de ser utilizada para previsões, era um processo de aperfeiçoamento espiritual proposto ao homem.

Os quatro elementos (terra, ar, fogo e água) deram origem aos signos zodiacais, como hoje os conhecemos. Na modernidade, do mesmo modo que no Egito antigo, encontramos signos da terra, do ar, do fogo e da água, três para cada um, totalizando doze. Ou seja, de qualquer lado a *Psiquê* poderia ser elevada em direção à espiritualidade. Esses quatro elementos e os doze signos deles derivados indicavam as diferenças e tendências psíquicas e materiais de cada ser humano. Mostravam que todos são passíveis de evolução. A forma da pirâmide é muito clara: nossa origem vem do chão, da matéria (o quadrado), e nosso destino é a elevação (o triângulo). Os alquimistas diziam que o destino do quadrado estava em "triangularizar-se". Ou seja, o destino de nossa matéria e de nosso psiquismo era a espiritualidade, que nada mais era que a prática da nobreza, da beleza e da bondade.

Vemos aqui que a iniciação hermética (caminhos de Hermes) e o significado real das pirâmides nada têm de misterioso ou de inacessível; muito ao contrário, tratava-se de um caminho extremamente concreto, a ser praticado como uma evolução pessoal, não importando a origem ou a natureza de cada um.

Vale observar que no topo das pirâmides existia na Antiguidade uma esfera de ouro; simbolizava o divino, pois é a única forma que conhecemos onde qualquer ponto pode ser inicio meio e fim, ou seja, não tem começo, meio e fim. Daí nasceu a celebre expressão alquímica "quadratura do circulo", que simplesmente queria dizer que o caminho da matéria e do psiquismo (o quadrado), era elevar-se através do triângulo, para atingir o circulo ou a esfera. A isto chamavam de ócio iniciático.

Devemos ainda observar a importância do numero doze, na assim chamada *Geometria Sagrada* na Antiguidade. Antes de tudo, vimos que o quadrado, o triângulo e o circulo não eram meras figuras geométricas, mas sim figuras iniciáticas e todas elas estavam unidas através da forma da pirâmide. Só podemos lamentar a ingenuidade de tantos arqueólogos e estudiosos em ver as pirâmides como meros túmulos faraônicos. Muito mais do que isso eram símbolos e locais de iniciação espiritual.

Note-se que a soma da base com um dos lados resulta no numero sete, que na Antiguidade indicava as vibrações da alma e as divisões da escala musical, que na tradição grega eram representadas pelas sete cordas da lira do deus Apolo. Estas indicavam, numa tradição hoje perdida, as sete possibilidades para se atingir a harmonia espiritual. Hoje indicam apenas o número de dias da semana.

Se multiplicarmos agora a base por um dos lados da pirâmide, teremos o numero doze, e seria ingênuo considerarmos como mera coincidência que doze eram os deuses gregos; doze eram os deuses egípcios; doze eram as etapas da evolução do homem, representadas nos doze trabalhos de Hércules. Acrescentemos ainda que doze eram as tribos de Israel; doze os apóstolos de Cristo; e a própria divisão do tempo na modernidade é duodecimal (doze meses, doze horas).

O objetivo fundamental da pratica do ócio, voltado à iniciação, não era o autoconhecimento como um fim em si mesmo, mas uma arte voltada para a evolução do ser humano. Assim conquistaria harmonia de viver, não correria o risco de passar por esta vida em vão e teria algo a oferecer aos outros e ao mundo. Nada mais atual do que essa problemática, que encontramos no mundo ocidental. Apenas mudamos a nomenclatura e hoje encontramos essa mesma falta de sentido na vida de tantas pessoas, debaixo de nomes como "vazio existencial, depressão, solidão, desencontro, tédio", e um sem fim de doenças e síndromes psicossomáticas. É que não se tem mais tem tempo para essas coisas, como a arte de viver, evoluir e tornar-se criador através do ócio. Estão ocupados enganando a si próprios de que não têm tempo para essas bobagens; afinal "tempo é dinheiro". (sic)

A SAÚDE ÉTICA ATRAVÉS DO DAIMON E DE DIONISO

Daimon era para o pensamento arcaico um gênio imortal que nos habita. Ele reunia todas as virtudes, qualidades e conquistas luminosas realizadas por nossa *Psiquê* ao longo de todas as suas existências passadas. Era, portanto, tudo aquilo de imortal que teríamos acumulado ao longo de nossas várias existências. Quando estivesse pleno, a *Psiquê* reconquistaria a imortalidade perdida.

Era também a força que nos impele e exige a realização de nosso destino. Se não o fizéssemos pagaríamos o alto preço de desviarmo-nos de nós mesmos. O resultado poderia ser a doença, a depressão ou a insatisfação com a vida como uma forma de protesto do *Daimon*. Por outro lado, sua realização se traduzia em manifestação plena de nós mesmos através da expansão e evolução de nossos talentos e potenciais. Mais ainda, o *Daimon* não suporta a mentira e a falsificação do ser, enfurecendo-se e vingando-se; seria o que hoje chamamos de conduta autodestrutiva, onde nossa lucidez é comprometida, podendo levar ao desvario, à doença e até mesmo à loucura.

E como sabemos se estamos o seguindo? Simplesmente quando nossa vida se desenrola com paixão e sentimos que a cada ano evoluímos, tornando-nos cada vez mais plenos e verdadeiros, ou seja, sentimos que a dívida para conosco mesmo está sendo paga. No entanto, seguir o *Daimon* não é seguro nem confortável, pois não é possível cumprirmos nosso destino sem riscos.

Mas esta seria, para o pensamento arcaico, a única forma de alcançarmos a saúde férrea que tanto almejamos e a isto denominavam "saúde ética" – a única possível – pois se fundava na descoberta e na realização da verdade de cada um e na coragem de ser. Só podemos lamentar, mais uma vez, que este conceito de saúde tenha sido tão esquecido pela modernidade; como se levar uma vida em desacordo consigo próprio não trouxesse graves consequências para a saúde física e mental.

Esquecemos ainda que, antes de prestar contas aos homens, temos que prestar contas a nós mesmos e ao sentido de nossa verdade interior. Não damos a importância devida ao fato de que viemos aqui para partirmos mais evoluídos do que chegamos e que cada ser humano tem necessidades inadiáveis. Por último, não é possível uma vida saudável para aqueles que vivem somente em função do que os outros esperam deles.

A saúde, que tanto cobiçamos, exige que enfrentemos nossas máscaras e disfarces e aprendamos a tirá-los. O mascarar-se em papéis e mais papéis acaba por provocar o esquecimento de quem somos e do que estamos fazendo aqui, trazendo inevitavelmente como consequência o adoecer como um protesto do *Daimon*. A máscara que falsifica sufoca e adoece o homem.

Esquecemos ainda a verdadeira função da máscara e da fantasia; ela permite que busquemos outras possibilidades de nós mesmos. Saímos da rigidez da mesmice para experimentar nova forma de ser, e aqui a máscara e a fantasia recriam e abrem as portas para que criemos a coragem de metamorfosear-nos.

Não é outro o sentido dionisíaco da fantasia e do carnaval; podemos transformar-nos em outros personagens, que na verdade sempre quisemos para nós, como se fosse uma brincadeira. Mas o brincar aqui é muito sério, pois permite que não sejamos julgados e ao mesmo tempo possamos abandonar a fantasia no momento que quisermos. Mas, por outro lado, esta nova possibilidade do ser, de encantarmos e revelarmo-nos com mais força, permite abraçar este novo papel e incorporá-lo à nossa vida, porque aproximou-nos mais um pouco da descoberta de nosso ser. Aqui, máscara e fantasia ajudam nosso processo de evolução psíquica, que os antigos chamavam de metamorfose.

A palavra *Daimon* originou *demônio* no sentido atual e é claro que estranhamos como um conceito de libertação e evolução tenha adquirido um significado associado ao mal. É que a Igreja Cristã passou a perseguir todos aqueles que cultivavam seu *Daimon*, porque tinham "o mau costume" de pensar por conta própria e ela queria rebanhos que não pensassem. Passou então a propalar que aqueles livres pensadores tinham "parte com o demônio", ou seja, não davam lucro para a Igreja e ainda por cima questionavam seus dogmas e fanatismos.

Acima de tudo, não tolerava aqueles que manifestassem crença e vontade própria e que buscavam o divino em seu interior (caminhos de Hermes) e na expressão de sua alegria de viver e amar (o dionisíaco). Naturalmente, não indo à igreja, não colaboravam com "doações". Exemplos não faltam; veja-se Giordano Bruno e Galileu. Claro que não estamos falando aqui de um culto individualista, mas da busca da individuação como forma de evoluir e buscar a verdade. Esta busca encerrava a mais elevada forma daquilo que os antigos chamavam de *Aretê*, ou seja, buscavam as virtudes da alma através do culto da verdade e entendiam que não poderia haver doença pior para a alma do que desistir dessa busca.

Aqui está o fundamento iniciático da teoria hipocrática dos humores. Não haveria humor mais perigoso do que a tristeza advinda do desviar-se da verdade e busca que seu *Daimon* exigia. Por outro lado, não haveria alegria maior do que consolidar essa busca, sendo este o culto de Dioniso, deus do êxtase, da alegria e do encontro. Isto nada tem a ver com o desvirtuamento que seu culto sofreu no Império Romano com a prática de bacanais e orgias.

A origem da palavra humor vem do sânscrito *Har* que derivou no grego a palavra *Hará* – graça e/ou alegria (o h é aspirado). Daí derivou a palavra *carisma* (*Hárisma*, em grego), que originalmente significava receber a graça ou dom divino. Não por acaso, as Três Cárites – *Hárites*, no original grego – (a nobreza, a beleza e a bondade) sempre acompanhavam os deuses e este era, como já vimos, o caminho proposto aos homens pelos deuses. Daí derivou-se também a palavra *caráter* – *Haraktír* em grego – cujo significado original era "seguir as Três Cárites". Mas isto só seria possível para aqueles que seguissem seu *Daimon* e prestassem culto ao deus Dioniso.

Dessa maneira, o ser pleno e verdadeiro seria revelado pela alegria e pela saúde férrea. Outros humores apenas refletiriam o desvio do caráter, ou seja, tristeza, depressão, rancor, ciúme, inveja etc., que eram vistos como formas de adoecer a alma. O riso autêntico seria a expressão de plenitude da vida e da saúde. Já a doença revelaria o pior dos humores. Por isso, doença em grego arcaico denominava-se *a-pathos* – apatia, que era o humor que afastava dos deuses e da vida. Por outras palavras, significava estar sem paixão. Somente o individuo *patheticó* (patético, na modernidade, sic) – com paixão – era visto como sadio, pois dispunha da energia cósmica para viver e para doar.

É um erro grotesco esta ânsia que vemos hoje em preservar-se e economizar energia como uma forma de prolongar a vida. Até podemos conseguir, mas à custa da própria vida, que se transforma num cotidiano tolo e vazio (apático). O local onde os doentes eram colocados para adormecer e ouvir a si próprios e aos deuses, para recuperar o caminho proposto pelo seu *Daimon*, era chamado de *kemitério*, e derivou modernamente a palavra *cemitério*. É que era o local onde lá estavam aqueles que perderam "o humor da vida" – daí que pareciam mortos, e com certeza eram mortos vivos.

SOBRE O CONCEITO DE "SAÚDE ÉTICA"

Aretê quer dizer mérito, excelência e é o objetivo máximo de todo talento. A saúde combina com mérito e potencialização da vida. Seu conceito oposto: *Anthropos arostos* – homem doente. *Arostos* quer dizer: doente, ausência de *Aretê*. Note-se o parentesco etimológico entre *Aretê* e *Arostos*. Todo homem sem *Aretê* é um candidato à doença. Mesmo aquele que pratica o excesso de zelo corre o risco. A *Aretê* é o máximo de tecnologia que se pode ter para cumprir o destino, uma vez que desenvolve ao máximo seus talentos e estes, levados à excelência, farão com que você se torne uma obra de arte, ética e criadora.

O Apolíneo é a busca da *Aretê*; Apolo é o deus da luz e seu nome significa a totalidade da luz. É a divindade do belo, da música e da criação. Somente com a intervenção de Dionísio se chega a Apolo: "Quem não souber descer jamais servirá para subir". Este é o significado desse deus. Na tragédia *As Bacantes*, de Eurípedes, o rei Penteu age como se fosse o detentor do apolíneo; sua arrogância está em desprezar a força do dionisíaco, que acaba matando-o.

O processo de criação é uma consagração ao mundo; é uma dádiva que você concede ao mundo. Criação é a realização das dádivas, das graças divinas. Como vimos acima, recebemos as graças para realizar nosso caráter. O conjunto dos talentos forma o caráter e forma o destino. *Hará* em grego quer dizer alegria, assim como *Eudaimonia*. *Horós* quer dizer dança, ou seja, dançar conforme a música das musas. É a dança e a música de sua alma, a música dos seus talentos, que estão em consonância com a harmonia cósmica. Não há outra possibilidade para o homem se colocar em harmonia com o universo senão por meio do desenvolvimento de seus talentos e pelo cumprimento de seu destino. E não há coisa pior que deixar de cumpri-lo. Recordemos Parmênides: "Caráter é destino".

A falácia racionalista é que a liberdade se opõe ao destino; isto porque destino é o resultado de seu caráter, que por sua vez somente se forma na realização e expansão máxima de seus talentos transformados em *Aretê* (excelência). Portanto, destino não é senão a realização máxima e plena de si mesmo, como já dissemos. Eis onde entra a liberdade que, de maneira nenhuma, se opõe ao destino. Liberdade em grego é *Eleuteria*. Mas o que é estar liberto? Liberto do que? *Elef, Aleph* – libertação – era esta a busca da Escola dos mistérios de Eleusias. Mas de que libertação se fala? A única possível; a libertação do ciclo da vida e da morte.

Não existe angustia maior do que a mortalidade para os homens – somos livres, porém mortais. O homem pode ter todo o sucesso menos a vida eterna; sabendo que vai morrer, de que adianta tudo que tem? Entendemos agora a doação dos empreendedores, benefactors; é o caminho do herói como uma libertação da mortalidade. Ao cumprir plenamente seu destino, aproxima-se do caminho da imortalidade.

Ainda tenho à minha frente a escolha entre cumprir meu destino ou não (escolha se confunde com liberdade) quando realizo minha opção. Os deuses não impõem o destino a cumprir, apenas sugerem – conta-nos um ditado da Grécia antiga. São sugestões do destino a cumprir, que podemos abraçar ou abandonar. No entanto, o destino acalenta quem o segue e arrasta quem nega. Liberdade existe, mas sempre será vista como um compromisso ou um descompromisso com seu caminho cósmico. Posso fazer o que quiser com a minha vida e ser somente guiado por meu ego. Todo indivíduo pode seguir o caminho que bem entender. No entanto, ainda o melhor caminho para ele é cumprir seu destino: passar sua vida tornando-se cada vez mais ele próprio.

Mas muitos vão contra si mesmos em suas escolhas e confundem identidade com persona, ego ideal; o resultado é uma catástrofe total com escolhas desastrosas feitas por ideais egoicos. *O retrato de Dorian Gray* é uma excelente metáfora do auge desse narcisismo que só busca fugir do tempo. Mas a finitude é um momento que representa o infinito. O indivíduo que se realiza é a mais pura representação do infinito no finito. Podemos tocar o infinito e o eterno, cumprindo o plano cósmico, sendo quem nascemos para ser, daí a famosa frase: "Torna-te quem és!".

SOBRE A DESCOBERTA DOS TALENTOS

Não é preciso ser um especialista no assunto para saber que a educação contemporânea em nada ajuda os indivíduos a descobrirem seus talentos, muito ao contrário, ela os vincula estritamente com a escolha de uma profissão, menosprezando todo e qualquer talento que não seja lucrativo. "O que você vai ser quando crescer?" Você não será um homem ou uma mulher, mas sim, bombeiro, engenheiro, médico; a questão do ser é sempre subjugada pela profissão. "Estude para ter sucesso, para ser alguém na vida". Cansamos de ouvir essa ladainha dos pais e mestres. O modelo ocidental é a educação para se ganhar dinheiro, mesmo que isso custe a saúde e a vida – e muitas vezes custará.

Quase todos buscam profissões ou meios de trabalho que dão mais dinheiro e não uma união de seu potencial criador com aquilo que acreditam. A resposta que buscam é a da realidade do mercado. O que está por trás disso é a cultura da mediocridade. Ninguém acredita nos talentos e nos potenciais de si mesmo. Poucos têm a coragem de seguir seus próprios caminhos, sem ter a economia como referência principal.

A primeira coisa que deve ser extirpada é a cultura da mediocridade. Talento só tem sentido quando a pessoa está disposta a dar o máximo de si. O oposto começa em estar numa faculdade só para tirar notas, passar e assim obter o diploma. São poucos os que estão dispostos e às vezes não são os mais inteligentes e melhores que se consagram; são os que mais se entregam. Talvez o maior vício seja a preguiça, pois dá muito trabalho seguir os talentos. Sua vida é guiada pela necessidade imediata e pelo caminho mais curto para ganhar dinheiro, não importa a que custo.

Claro que alcançar o autosustento é uma questão de honra. Ganhar dinheiro é necessário para a liberdade e o direito de ser. Mas poucos estão num trabalho de que gostam, nem mesmo escolheram uma faculdade baseada em seus talentos. Vivem num ritmo frenético, trabalham e cursam faculdade para conseguir uma posição melhor na empresa. Se terminarem a faculdade entrarão num ritmo mais frenético ainda. Estresse, esgotamento e crises de hipertensão são o próximo passo. O que estão fazendo vai muito além da necessidade de autosustento, para dar bem estar para a família. O sustento não justifica o ritmo alucinante, mas sim manter um padrão no limite e mesmo acima do que podem. Não existe a preocupação com o bastar-se; fazem sacrifícios sobre-humanos com risco de sua saúde e mesmo da vida. Não estão interessados no sustento, querem o insustentável, buscam o supérfluo. Há outra possibilidade? Não pode haver um prazer; tem que haver um componente de sofrimento, sendo a recompensa ter cada vez mais.

São exemplos que estão longe de serem guiados pelo belo. Isso é um disfarce: "Puxa, como lutei na vida!", dizem com orgulho, só que não estão percebendo que estão se transformado numa fábrica de doenças. Seu modo de vida com frequência parece saudável; não bebem, fazem esporte e até comem corretamente, mas muitos já apresentam problemas de colesterol e hipertensão por volta dos trinta anos. Fica muito claro que o modo de vida é decisivo para a saúde ou para a doença.

Entregam-se por aquilo que fazem e seu culto é servir, fazer tudo que lhes pedem. Cumprem as tarefas, pois este é o fardo da vida deles e se vendem e se destroem por isso. É o desejo de ser gerente, diretor, CEO, de sair do anonimato a qualquer custo, mas por meio de uma fórmula assassina. Essas pessoas vivem drogadas, mas essa droga se chama trabalho, que é o verdadeiro vício do século XXI e contra ele não há saúde que resista. Todos compram a "beleza americana".

A empresa se vale disso sem que se apercebam; usa as pessoas que se escravizam para ter o ambicionado "padrão de vida" – e elas se tornam escravas desse padrão. Com frequência, quando alguém está ganhando bem vem um corte na empresa e ele é jogado fora em troca de outro mais jovem e mais barato. A ideia de viver bem está ligada a um escravagismo que as empresas conhecem muito bem e usam com tremenda eficiência.

Uma característica da sociedade burguesa é que só é genuíno aquele trabalho que não é gratificante: "primeiro o dever, depois o prazer". Resulta muito instrutivo viajar no tempo e constatar que a sociedade grega arcaica, por exemplo, vislumbrava o ideal do homem como aquele movido por uma paixão (Eros) criadora. O conceito de *Eudaimonia*, que significa felicidade suprema, ou a plenitude, dava ao indivíduo uma certeza do caminho que teria de seguir na vida para plena realização. O que assistimos hoje é o distanciamento do homem de seu *Daimon*. Vemos aqui a versão moderna do mito da Medusa. O desconhecido, representado pela Medusa, tornou-se o desconhecimento de nós mesmos. Vale a pena uma descrição do mito da Medusa, que conta como o herói Perseu conseguiu vencê-la:

A história da Medusa centra-se num desafio que ela teria feito à deusa Atená. O mito conta-nos que era a única das três irmãs (as Górgonas) que era mortal. Era de uma extraordinária beleza e gabava-se de seus belíssimos olhos azuis e cabelos dourados. Chegou mesmo a declarar que era mais bela do que a deusa. Atená ouviu e resolveu castigá-la, pois a Medusa valia-se de sua beleza para seduzir e se apoderar dos outros. Disse-lhe então: "Revelarei a verdadeira intenção de sua beleza; você dela se vale para benefício próprio. A verdadeira sedução deve ser usada para libertar e não para aprisionar. Você se vale de seus poderes encantatórios para paralisar o outro e torná-lo seu escravo. De agora em diante seu olhar, que era quente langor será transformado em gélido clarão; você é agora o olhar que mata e petrifica. Afinal, este é o verdadeiro significado dos seus olhos. Além disso, seus cabelos, dos quais tanto você se gaba, serão transformados em serpentes, pois é assim que você sempre os utilizou. O seu amor é o amor da serpente, que encanta para petrificar e assim poder devorar sua presa. De agora em diante você não esconde mais a morte que carrega nos olhos e em seus cabelos".

E assim, a belíssima Medusa foi transformada na horrorosa figura, que tão bem conhecemos: um rosto assustador com cabelos de serpente e olhos que matam e petrificam a quem ousar encará-los. Além disso, ela sempre era representada fazendo uma monstruosa careta com a língua de fora. O significado desse rosto assustador e de sua transformação é que representa o desconhecido: sempre nos é assustador e paralisante. A careta representa o diferente, o diverso e o mostrar a língua remete-nos à nossa infância, quando tínhamos medo de caretas.

Trata-se de uma máscara que simboliza o medo que temos do desconhecido e como ele pode matar-nos. E isto vai do simples medo que temos ao enfrentar uma autoridade até o desconhecido da natureza. Nossa reação sempre é de ficarmos petrificados ou simplesmente assustados. O caminho proposto por Atená não deixa dúvidas. Em primeiro lugar não se pode utilizar a beleza para encantar e matar o outro, ou ao menos tirar vantagens e segundo, o caminho do homem deve ser o da coragem para enfrentar o mistério do outro ou do desconhecido em geral. A reação do ignorante será sempre fugir e renegar, ou ainda tentar destruir o desconhecido. Já o caminho da sabedoria deverá ser o da coragem de enfrentar a Medusa, ou seja, o mistério deve ser desvendado e aceito, jamais destruído. E isto inclui uma das reações mais comuns do ser humano frente à diversidade do outro: é a atitude que conhecemos como preconceito, desprezo ou rejeição.

A história de Perseu, jovem herói consagrado a Atená, mostra o caminho que deveremos seguir para enfrentar as Medusas que haverão de surgir em nossa vida. A deusa confere-lhe a missão de matar a Medusa e trazer-lhe sua cabeça. Perseu é um jovem herói, que deve cumprir a missão proposta pela deusa: não se conquista a sabedoria sem vencer a Medusa. Parte então para cumprir a missão, mas ele não conhece o caminho para chegar até o local onde viviam as Gorgós. É o deus Sol (Hélios) que lhe dá a chave. Deve procurar as três Graias, pois somente elas saberão indicar-lhe o caminho. E realmente Perseu vai até elas, mas estas lhe recusam a resposta.

As três Graias eram três velhas que tinham cometido uma terrível imprudência: quando eram jovens e belas, Zeus concedera-lhes uma graça e estas lhe pediram para nunca morrer. No entanto, embora fossem imortais, nunca pararam de envelhecer. É que as tolas esqueceram-se de que a imortalidade não bastava para obter a eterna juventude. Assim envelheciam cada vez mais, sem, no entanto, poderem morrer. Já estavam tão decrépitas que tinham somente um único olho e um único dente para as três. Desse modo, tinham de passá-lo uma para outra, para poderem ver ou para poderem comer.

Diante da recusa, Perseu não hesitou em roubar-lhes o único olho e o único dente que possuíam, para forçá-las a revelar a morada da Medusa e de suas irmãs. Desesperadas diante da perda de seu único olho e dente, revelaram-lhe o caminho a seguir. Perseu, não lhes devolveu o olho e o dente, dizendo que o faria somente quando retornasse, pois queria ter certeza de que não tinham mentido.

E assim partiu até chegar onde estavam as Gorgós. Sabia, no entanto, que não poderia encarar a Medusa de frente, pois se o fizesse morreria imediatamente petrificado. Também não poderia agarrá-la pelas costas, pois as serpentes de sua cabeça picá-lo-iam mortalmente. Utilizou então um estratagema que a própria deusa Atená lhe ensinara. Aguardou que adormecesse e, polindo o seu escudo até que se transformasse num espelho, viu a imagem da Medusa nele refletido. Pôde assim aproximar-se dela sem vê-la e sem que ela se apercebesse. Assim, de uma distância segura, desferiu-lhe um golpe certeiro cortando-lhe a cabeça. Colocou-a imediatamente num saco e partiu a toda pressa, sem que pudessem alcançá-lo.

No caminho de volta, devolveu o olho e o dente às Graias e dirigiu-se ao Olimpo, para entregar a terrível cabeça para a deusa da sabedoria Atená. Esta a colocou no centro do seu escudo e isto significava que o escudo agora tinha o poder de afastar e vencer o desconhecido, uma vez que ele representava a força da prudência necessária para abrir as portas da sabedoria.

O mito de Perseu representava o caminho que todo o jovem teria de seguir para vencer o desconhecido e encontrar a sabedoria. Tratava-se de uma empreitada para a coragem de conhecer a diversidade que o outro representa. O estratagema que usou foi a imagem refletida no espelho e isto revela o seu significado: É só através da "re-flexão" que se chega ao saber e se supera o desconhecido, ou seja, o refletir do espelho simboliza o refletir do pensamento.

Este é o único caminho possível ao homem para vencer o horror do desconhecido, o medo das caras feias, os preconceitos, os estereótipos, enfim tudo aquilo que representa a terrível careta da Medusa. Vale notar que o poder de sua cabeça, mesmo morta, não cessava, pois assim é o poder do terror que o outro pode nos causar; mesmo morto ou em nossa fantasia seu poder não cessa. Nos teatros antigos, a cabeça da Medusa estava presente logo na entrada, significando isso que lá era o local para se aprender a vencer o desconhecido. Trata-se assim de um mito pedagógico e civilizador por excelência, cujo desafio está mais do que nunca presente.

Na modernidade, há duas alternativas para o homem interior: o desconhecimento e o desprezo pelo eu interior. Como consequência, esse homem interior deixa de ser divinizado e passa a ser transformado em doença, cuja psicoterapia tenta curá-lo. No entanto, acaba lhe dando outra doença, pois o ilude sugerindo que conhecendo a si mesmo acabam-se os seus problemas, e assim nunca terá de enfrentar seus fantasmas – e por consequência nunca conhecerá seus talentos. Rilke chamava-os de anjos e dizia que eles não podem viver sem "fantasmas" – que nada mais são do que nossa tão contraditória e "neurótica" essência de ser. Rilke declinou da oferta de Freud em se submeter à psicanálise, dizendo-lhe que certamente levaria embora seus fantasmas, mas temia que levasse também seus anjos.

Isto significa que nosso eu interior não é nenhum anjinho, mas também não é um demônio (no sentido moderno da palavra). Realizar nosso *Daimon* não é encontrar uma felicidade hollywoodiana, mas ter a coragem de ser "inteiro" e saber que ninguém está livre de problemas. Na verdade, quanto mais descobrimos nossos talentos, mais dificuldades e desafios surgem. Nosso *Daimon* tem uma energia extraordinária para destruir, assim como para criar, e a arte de governá-lo é para nós uma arte desconhecida.

A psicoterapia é tradicionalmente vista como a arte de conhecer a si próprio, vencer seus conflitos, aprender a aceitar a si mesmo, aceitar os outros – mas em momento algum trata do desafio do indivíduo perante o belo – e esse belo é feito de fantasmas e de anjos. O Belo – que em cada um de nós habita de forma única – é aterrador, pois se manifesta como uma força criadora que pode a qualquer momento engolir o indivíduo que não sabe governá-la. É como se arrancasse de dentro de si uma energia vital divina para a criação e essa energia pode até matar, pois o deixa enfraquecido. É exemplar a história de van Gogh, onde criação e loucura andavam tão perto uma da outra. "Pessoas muito criativas são loucas" diz o dito popular.

Por outro lado, há o risco de encarcerar o ego na mediocridade. Trata-se daquele ego que se conhece muito bem, que conhece suas limitações – e se conhece tão bem que chega à inação. A psicoterapia acaba com a intervenção do sobrenatural, com o mistério de si mesmo e cai na previsibilidade; assim desaparece a possibilidade da recriação de nós mesmos – a partir de nossos talentos e potenciais abandonados ou esquecidos. O horror de fazer psicoterapia é que acaba "tudo muito bem explicadinho". São competentíssimos em reconhecer todos os complexos, inibições etc. Dialogam tão bem com seu inconsciente que nada lhes resta a fazer. O sujeito passa a ter um ego tão fortalecido, que não deixa mais nenhuma loucura escapar, mas também não há mais nenhuma criação para escapar. É um confortável banho morno perante a vida. Tornou-se um bom sujeito e mais nada. Reconhecer sua sombra é um grande passo, mas isto deveria ser apenas o começo da viagem socrática. Dizia ele que para se tornar íntegro, um indivíduo teria que empreender duas viagens ao longo da vida: uma para dentro e outra para fora. E ainda seria necessária muita coragem para aceitar o que descobrira nesse caminho.

Pessoas que se dizem muito bem "analisadas" gastam toda sua energia vital em explicar-se, e não deixam nenhum espaço para o inexplicável; passam a ter um horror disso. Toda a fogosidade de uma histérica, por exemplo, passa a ser governada e ela se torna uma chata insuportável. Toda a sua beleza feminina que explodia fora do controle está agora encarcerada por um "ego forte" – que provocou a perda irreparável de seu erotismo, ao invés de lhe dar espaço para evoluir.

A palavra *terapia* vem do grego, mas distanciou-se de seu sentido original que significava "a coragem de buscar a si mesmo" – daí o verbo *the-*

rapevo, em grego – que significava "eu terapeio". Era você desbravando os seus mitos, dialogando com o seu *Daimon*. Na Antiguidade, o sujeito teria de conversar com ele. Para tanto, nos centros de cura era submetido a um sono profundo, onde se retirava no isolamento até conseguir estabelecer um diálogo com seu *Daimon*. Note-se que terapia na Antiguidade não tinha a conotação de cura. *Therapia* vem de *Theras* – que significa janela. Era, portanto, abrir uma janela para seu deus, sendo esse o sentido: a recuperação desta ligação era feita pela figura intermediária entre os homens e os deuses: o *Daimon* – o gênio imortal que habita cada ser humano. Esse processo era também chamado de "o caminho do herói". Eros hoje está desvinculado de qualquer honra e mais ainda do desafio de se apaixonar com honra. Eros era a paixão que alimentava essa busca, a honra de ser fiel à verdade interior, não trair a si próprio, sua missão e destino.

Parmênides contribui para essa questão e é célebre sua afirmação: *Ethos anthropoi Daimon*, que quer dizer: O *Daimon* do homem é sua ética. *Ethos* – ética, mas também quer dizer costumes, hábitos. É que a ética acabou sendo confundida com costumes e estruturou a conduta moral dos povos. O *Ethos* original arcaico significava o estado da alma que aproxima o homem de deus. Através do *Daimon* é que se chega a ele, pois, no grego antigo, costumes e ética não se separam; eram a própria ética.

Mas somente através do *Daimon* é que se alcança o *Ethos*, que é um compromisso do indivíduo com ele mesmo. Conversar com seu *Daimon* significa um diálogo honesto, que inclui encarar seus vícios e virtudes; e esse diálogo pode nos aproximar do divino ou do massacre de nós mesmos – por nós mesmos. Trata-se de massacre que ocorre por causa do desvario, da confusão que se faz com seu *Daimon* e a invencibilidade. Por outras palavras, o sujeito descobre a força de seus talentos nesse diálogo e usa-os como se fosse invencível. Somos e continuamos suscetíveis a erros e desastres. Somente o constante ajuste entre a realidade de cada um e seu *Daimon*, sem falsificá-lo e sem perder de vista que estamos aqui na Terra, é que abre as portas da realização de nosso potencial criador sem levar à autodestruição.

O que está em jogo aqui é um constante diálogo entre criação e ordem, tornando possível a intervenção do *Daimon* sem desvarios. É não estar nem além nem aquém de si mesmo, e esta é uma medida única para cada um – sendo somente descoberta no conhecimento de si mesmo, para além dos limites psicológicos.

REFERÊNCIASBIBLIOGRÁFICAS

BERNSTEIN, Peter L. Desafio aos Deuses. Rio: Campus, 1997.

BOORSTIN, Daniel J. Os descobridores. Lisboa: Gradiva, 1994.

BORNEMAN, Ernst. The psychoanalysis of money. New York: Urizen, 1976.

CAMÕES, Luis de. Os Lusíadas. Rio: MEC, 1972.

CAMPBELL, Joseph. O poder do mito. São Paulo: Palas Athena, 1996.

DETIENNE, Marcel. Os mestres da verdade na Grécia arcaica. Rio: Jorge Zahar, 1989.

DRUCKER, Peter. Sociedade pós capitalista. São Paulo: Pioneira, 1997.

ELIADE, Mircea. Aspectos do mito. Lisboa: Edições 70, 2000.

ENGELS, Friedrich. A origem da família, da propriedade privada e do estado. Rio: Bertrand, 2000.

FERRAZ, Isa, G.. O povo brasileiro (documentário). São Paulo: Versátil home vídeo, 2006.

FREUD, Sigmund. Obras completas Vol. 4. Rio: Delta.

FROMM, Erich. Ter ou ser?. Rio: Jorge Zahar, 1980.

GALBRAITH, John K. O pensamento econômico em perspectiva. São Paulo: Pioneira, 1989.

GRANTA. Ambição. Rio: Editora Objetiva, v.4, out. 2009.

GREENSPAN, Alan. A era da turbulência. Rio: Campus. 2007.

GREIDER, William. One world, ready or not. New York: Simon & Schuster, 1997.

GUÉNON, René. Autoridade espiritual e poder temporal. São Paulo, Pontual, 2008.

HERMES TRIMEGISTOS. Corpus Hermeticum. São Paulo: Hemus, 1978.

HESÍODO. Teogonia. São Paulo: Iluminuras, 2003.

HOBSBAWM, Eric J. A era das revoluções. São Paulo: Paz e Terra, 2003.

________. A era do capital. São Paulo: Paz e Terra, 2002.

________. Era dos extremos. São Paulo: Schwarcz, 1995.

HUBERMAN, Leo. História da riqueza do homem. Rio: Zahar, 1982.

JUNG, Carl G. Psicologia e alquimia. O.C.XII. PetróPólis: Vozes, 1994.

________. A natureza da psique. O.C.VIII/2. PetróPólis: Vozes, 2000.

KLEIN, Melanie. O sentimento de solidão. Rio: Imago, 1975.

LASCH, Christopher. The culture of narcisism. New York: Norton, 1991.

MEADOWS, D; RANDERS, J. Limits to Growth. White River Junction: Chelsea Green, 2004.

MEIRELES, M; PAIXÃO, M. Teorias da administração. São Paulo: Futura, 2003.

MERTON, Robert. Teoria y Estructura Sociales. Cidade do México: Fondo de Cultura Econômica, 2002.

NERBURN, Kent. The wisdom of the native americans. Novato: New World Library, 1999.

NIETZSCHE, Friedrich. A Gaia Ciência. Lisboa: Guimarães, 1996.

PLATÃO. Early Socratic Dialogues. London: Penguin. 1987.

________. Fedro. Lisboa: Guimarães, 2000.

RIBEIRO, Darcy. O povo brasileiro. São Paulo: Schwarcz, 1995.

ROBERTS, J. M. History of The World. London: Penguin, 1995.

ROSSETTI, José P. Introdução à economia. São Paulo: Atlas, 1985.

ROUSSEAU, Jean-Jacques. Discurso sobre a origem e os fundamentos da desigualdade entre os homens. Porto Alegre: L&PM, 2008.

SALIS, Viktor. Paideia nos doze trabalhos de Hércules: caminhos para formar um jovem ético e criador, São Paulo: Sattva Editora, 2017

________. Ócio criador, trabalho e saúde. São Paulo: Claridade, 2004.

SCHUMPETER, Joseph. A teoria do desenvolvimento econômico. São

Paulo: Abril, 1982.

SCHWARZ, Fernand. La tradition et les voies de la connaissance. Meudon: n.a.d.p, 1985.

SENECA. Sobre a brevidade da vida. São Paulo: Nova Alexandria, 1993.

SMITH, Adam. Riqueza das nações. Lisboa: Calouste Gulbenkian, 1987.

TAGORE, Rabindranath. Sadhana, o caminho da realização. São Paulo: Paulus, 1994.

TODOROV, Tzvetan. A conquista da América. São Paulo: Martins Fontes, 2003.

VERNANT, Jean-Pierre. Mito e pensamento entre os gregos. São Paulo: Paz e Terra, 2002.

VILLAS BOAS, Orlando. A arte dos pajés. São Paulo: Globo, 2000.

VRIES, Manfred de. Family Business: Human Dilemmas in the Family Firm. London: ITBP, 1996.

WEBER, Max. A Ética Protestante e o "Espírito" do Capitalismo. São Paulo: Cia das Letras, 2005.

OS AUTORES

Viktor D. Salis nasceu em Atenas, Grécia. Formou-se em Psicologia em 1971 pela PUC-SP e estudou Epistemologia Genética com Jean Piaget em Genève, Suíça, onde completou seu primeiro doutorado em 1977. Em 1981 estudou "A Fenomenologia dos Mitos" com Igor Caruso na Universidade de Salzburg, obtendo seu segundo doutorado.

Daí em diante, dedicou-se cada vez mais ao estudo das tradições e mitos das antigas civilizações gregas, egípcias, judaico-cristãs, caldaicas e orientais, buscando recuperar seu significado original, ou seja, fornecer chaves ao homem para a arte de viver e amar, e principalmente buscar respostas para o Enigma da Esfinge, que as ciências modernas não foram capazes de responder: Quem sou eu e que faço aqui? De onde venho? Para onde vou?

Por conhecer bem o grego antigo e o moderno, estuda e trabalha com os textos originais, dispensando as traduções e as adaptações. Domina também o inglês, francês, espanhol e lê o latim e o alemão. Escreveu diversas obras na área dos mitos e tradições arcaicas. Escreve peças de teatro baseadas nos mitos.

Trabalha como terapeuta num processo que denomina "Terapia Mítica", onde se busca o conhecimento de si e do outro através dos mitos arcaicos e se permite abrir as portas para a compreensão e a evolução do ser humano, conferindo-lhe o seu sentido cósmico.

Desenvolve também trabalhos na área da educação, buscando recuperar o ideal helênico de formar o homem "obra de arte, ético e criador", superando o homem tecnicista, materialista e angustiado do século XXI, e abrir-lhe novas possibilidades.

Mitologia • Psicoterapia mítica • Psicopatologia
Depressão • Síndrome do pânico • Consultoria executiva em educação
Ética empresarial • Treinamento

www.viktordesalis.pro.br • www.viktordesalis.com.br

Facebook: **Viktor David Salis**

E-mail: **vdsalis@gmail.com**

Dado Salem é Fundador da Psiconomia, um dos pioneiros na área da Psicologia Econômica no Brasil.

Trabalha há 20 anos com empresas familiares gerindo questões complexas e sensíveis envolvendo famílias e negócios. Sênior Advisor da Cambridge Family Enterprise Group.

Tem intensa atuação em aconselhamento de carreiras, atendeu mais de 600 clientes de empresas como Apple, Bradesco, Carrefour, Dell, Ford, GE, IBM, JWThompson, KPMG, Microsoft, Nike, OSESP, Pão de Açúcar, RedBull Santander, Unilever, Votorantim, WWF, entre outras. Economista, Especialista e Mestre em Psicologia pela PUC-SP, Mediador de Conflitos pelo Instituto Familiae. Foi facilitador do curso "Families in Business" em Harvard em 2016 e 2017.

www.psiconomia.com.br

dadosalem@psiconomia.com.br

"

Parece que não matamos os deuses e não eliminamos nosso inconsciente. O que ocorreu foi que 'amputamos' uma parte significativa da realidade e de nossa própria psique. O hábito de deixar de lado tudo aquilo que não faz parte da lógica e da racionalidade fez nossa civilização perder a habilidade de fazer metáforas e com isso deixamos de ver coisas que estão dentro de nós e na nossa frente. Perdemos um tipo de percepção, um olhar considerado importantíssimo na Antiguidade para o bem viver na Terra. Esse olhar foi descrito por muitas tradições como uma 'terceira visão' – que não existe fisicamente, mas que, por esse mesmo motivo, consegue 'ver o invisível'. O mundo que ela vê é o mundo irracional que brota das profundezas de nosso inconsciente. É o mundo que Freud e Jung constataram interferir nos pensamentos, sentimentos, vontades, decisões e ações de todas as pessoas, sadias ou mentalmente enfermas. A linguagem desse hemisfério desconhecido está semimorta, mas é a única verdadeiramente universal e comum a todos os homens: é aquela que vemos em nossos sonhos. É desse universo estranho e complexo que vêm os mitos.

"